犬になった老人の死

天野哲夫

Amano Tetsuo

PARADIGM

犬になった老人の死

装幀・装画　毛利一枝

第一章

老人は七十九歳、大正十年の、干支《えと》でいえば辛酉《かのととり》生れである。市役所の戸籍謄本《とうほん》にもそう明記してある。戸籍にそう明記してあることは老人も認めてはいるものの、他人《ひと》に干支を訊《き》かれれば戌年《いぬどし》生れだと強弁する。謄本に大正十年、つまりは酉年生れだと記載されてあるのは役所の間違いで、実際は翌大正十一年の壬戌《みずのえいぬ》が正しいと言う。そして年齢は七十八歳、そう言われれば七十八が七十九であろうと、そう違いはない。役所の間違いかもしれぬ。よくあることである。

だとしても、老人の頑固《がんこ》さは特別で、誰が訊いてもかたくななまでに戌年生れを主張する。それは実は彼が大の犬好きで、それもただ好きというより犬神信仰をさえも信ずるほど犬に取り憑《つ》かれていることからもきているようである。

老人は自分の前世は犬であり何の因果か今は人として生れてきてはいるが、今度は何に生れ変わるかよくは分からないと言う。希望が叶《かな》えられるならば、もう一度戌、つまり犬に生れ変わりたい、とも言う。

どうしてそうまで犬に固執するのか、本人にもその理由は説明しかねるようだが、何にしても思い込んだら、容易に自分の説を曲げようとはしない頑固さがあった。

＊　＊　＊

大田家といえば、かつては博多でも一、二を争う博多織の織元として栄えていたものの、老人の唯一《ただ》人の長男以外、子に恵まれなかったうえ、その肝心の長男さえ家業を継ごうとはせず、勝手に上京し、勝手に某一流商社に就職し、勝手に向うで結婚してしまい、勝手に孫娘の美保を産んでしまったのである。彼女は今は高校二年に通学している。

織元としての大田家は、後継者がいないために老人の代で店仕舞してしまい、後が途絶えてしまうことになった。

この間、長男の上京を巡り、それなりの家族間の葛藤《かっとう》もあったが、その間の経過は本扁とはあまり関係がないので、残念ながら割愛することにする。

頑固な老人は上京した長男を訪ねようとはせず、結婚式にも孫娘の誕生に際しても腰を上げなかった。

そういう頑固さを通せたのは、老人には相当の遺産があり、生活《くらし》に困らなかったことが一つと、もう一つ、それまで老人は老人ながらも健康で、立居振舞、何の障害もなかったからだと言えよう。

ところが大きな異変が起こった。それは老妻の死であった。享年七十三歳、肝臓癌《がん》だと宣告された時は、もう末期で、死は避けられなかった。一昨年《おととし》のことである。

老人は頑固で、人付合いもいいほうだとは決して言えぬが、ただ一つ取柄《とりえ》を挙げるとすると、大の愛妻家だったということであった。東京の長男一家は、この時ばかりはアワをくって帰郷し、通夜《つや》に告別式にと、何らなす術《すべ》もなく呆然《ぼうぜん》としている父に代わって、大忙しの数日を送り、そのまま帰京してしまった。

父との会話は何もなかった。何を言っても「うん」、何を訊いても「うん」、ただ呆《ほう》けたように一つ所に坐ったままであった。当時、十五歳の美保が「おじいちゃん」と呼びかけても、白眼がちの視線を向けるだけで何の反応も示さない。

このように、呆《ぼ》けてしまったような父を独りだけ置去りにするのはやはり心配で仕方がないので、長男はじめ皆して老人を東京に連れていこうとするのだが、老人は頑として動こうとしなかった。とうとうサジをなげて、「年寄りをお願いします」と隣近所へ挨拶《あいさつ》してから一家は東京へ帰ってしまった。初めて東京を離れ、九州くんだりまで出かけた美保は、さすがに疲れたうえ、初対面のおじいちゃんと挨拶しても、ろくろく反応もなく、「まるでバカみたい」といった不機嫌な顔をしていた。嫁の颯子《さつこ》も義父に無視されっぱなしだったので、自宅に帰ってからも美保と同じように不機嫌な顔をしていた。

＊　＊　＊

老人は愛犬家であると同時に、それ以上に愛妻家であった。実は、妻を亡くす三年前、愛犬のタロを交通事故で失っていた。即死ではなく、半年間ほどは生きてはいたが、哀れっぽい声で鳴くばかり、動物病院でもサジをなげ、どこが痛いのかハッキリしないいま、安楽死を遂げさせてやったのである。医者が来て注射一本するかしないかで、即、タロは死亡した。本当は馬に安楽死させる時に使う特別の薬で、アメリカから輸入したものだというが、「こういう薬、わしも欲しいな」と、涙をにじませた眼で老人は言った。実感のこもった言い草だった。

老人はこれだけで気力を失ってしまったうえに、三年後には愛妻を癌死させてしまう。老人の妻は名をカツという、働き者の大正女だった。家事はもとより織元としての商売のほうも、出入りの職人さんの扱いからお顧客《とくい》さんへの顔つなぎから、仕入れ先の生地屋《きじや》さんから内職のお内儀《かみ》さんたちに至るまで、ほとんどの差配は老人よりもむしろカツが取り仕切っていたのである。

カツは寝物語にもいつもこんなふうに言っていた。

「おじいちゃんの面倒は最後まであたしがみるからね。安心して長生きしてよ。あたしを間違っても未亡人にしないで」

妻を亡くした今となっても、その声が聞える。商売は続けるどころか、自然廃業となる。老人は家事ひとつできないので、人に頼んで料理の上手なお手伝いさんを雇ったが、亡き妻のことを思えばどうしても気が滅入《めい》るばかりであった。

「最後まで面倒みるから……間違っても未亡人にしないで」

と言う声がいつもどこからか聞こえてくるようであった。

＊　＊　＊

老人はただただひたすらに寂しかった。家事のほうは熟練したお手伝いさんがよく働いてくれて心配はないのだが、妻を喪《うしな》ったその大きな心の穴をまで埋めることは、当然のことながらとてもできることではなかった。時折は四つ這《ば》いに這って「ワンワァン」と犬吠《いぬぼ》えに吠えてみて、亡きタロをしのんだり、或《ある》いは納戸《なんど》から亡妻の着物を取り出し、ナフタリンくさいその臭《にお》いを嗅《か》いでは、懐古の情もだしがたく涙ぐんだりするといった日常を過ごすのみであった。

他人《ひと》から見れば、まるで痴呆《ぼ》けてしまったふうに見えたが、老人の意識はまだしっかりしていた。

見るに見かねた長男は、再度、今度は一人で博多の家へ帰郷してきて、何が何でも老人を東京へ連れていこうと決意していた。

家や土地に動産の処理には結局十日以上もかかった。現金、預貯金に株など合わせて資産は三、四億円ほどはあっただろうか。

「これだけあったよ、お父さん。お父さんの生きている限り、誰にもこれに手をつけることはさせないからね」

「ああ、分った」

「そしてね、今度は誰が何と言おうと、お父さんはぼくといっしょに東京へ行くことになってるから、そのつもりでね」

老人は結局は長男に連れられ、上京した。そして大田家の一員として生活を共にすることになったのである。老人としても、孤独地獄のような、当てのない絶望的な生活《くらし》に厭気《いやき》がさしたのか、意外にも何のトラブルもなしに東京の息子の所へやってきたのである。本籍は福岡に残しておいたままであった。

亡妻の遺骨は寺と相談し、分骨してもらって東京へ持ってきた。よく気の回る長男は、墓地は既に近くの霊園に確保してあると言うので、その点は安心であった。それに、二階の八畳の日本間が、納戸のようにいろんなガラクタが放り込まれていたが、それも整理すれば立派な部屋ができる。当然のように、そこが老人の居室にあてがわれた。

前にも述べたように、時に老人は犬のように四つ這って「ワン、ウォワン」などと犬吠えして、特に美保に気味悪がられたりするものの、それは、なぜ安楽死させてしまったかの、あのタロを思い出しての、後悔を交えた追想が奇妙な形で現れただけのもので他意はなかった。

そうは言っても、老人が変人であることには違いない。三、四億もあるという遺産の行方《ゆくえ》も、まるで気にせずに、それは初めっから、長男のものだと割り切っている様子で、そんなことよりタロや愛妻のカツを喪った寂しさだけはどうしても拭《ぬぐ》いようがなかった。

家族（長男は別にして）の、特に孫娘からは大いに敬遠され、七十九（老人の主張を通すと七十八）にもなっての老人特有の体臭が彼女は一番厭だと言う。でも美保は、おじいちゃんは金持で、財産家で、どえらいお金がまるごと持参金のようにウチ（大田家）のものになるらしいと計算すれば、薄気味悪くあろうとそうそうは粗略にはできぬと思った。こうした思いは美保の母である嫁も、長男でさえも同じであったろう。

こうして大田家に何の波瀾《はらん》もなく過ぎてゆけばよかったものの、禍福《かふく》は糾《あざな》える縄《なわ》の如《ごと》しで、そうそううまくいくものではなかった。これからおこる奇怪な件については後述する。

＊　＊　＊

もう四十年以上も前のことになるが、老人にとっては、この件抜きでは説明できない出来事があった。四十年以上も前のことだから、老人はまだ三十代、壮年期にあった。

或る朝、新聞の連載小説の挿絵《さしえ》を何げなく見ているうちに老人は思わずも勃起《ぼっき》した。それで普通は読まないはずの本文を読むうちに、今度は不覚にも射精した。こんな文章である。

八千代は椅子に腰を降ろしたまま犬を見降ろしていた。……まだ子犬の域は脱しないらしく、首の鈴を鳴らしながら、八千代の方へじゃれてとびかかろうとしている。が、鎖がついているので、八千代の足まではとどかず、何回もむだな努力をくり返している。

八千代は足を出すと、靴先きで、ちょっとそこだけ黒い色をしている鼻面《はなづら》をつついた。少しじゃけんな意地悪いつつき方である。

……………………

「ロン、ロン、ロン」

八千代は口で優しく呼びながら、靴先きでまたロンの鼻先きをつついた。

朝日新聞に連載していた井上靖の『あした来る人』という小説のごく一部分だが（挿絵は福田豊四郎）、新聞の数百万読者のうち、その朝、このなんの変哲もない絵と文章で、性欲の満足までも覚えたのは、この老人一人だけだったのかもしれない。

この件の指し示す内容は、予想以上に大きな意味を持っている。老人は犬好きだと何度も書いたが、普通にペットとして犬を愛玩《あいがん》する並みの愛犬家とは、大いにその意味、内容が異なっているのである。犬そのものより、犬としてのその扱われ方に老人は昂奮《こうふん》したのである。

だから老人としては、犬を飼って愛玩するというより、自分が犬そのものに変身して、人というより犬として、先ほどの小説のロンのように扱ってもらいたいという奇妙な願望が、この時の老人（といっても老人がまだ三十代の頃）の性欲を大きく刺戟《しげき》したというわけである。当人は、この変テコな欲望が、他人《ひと》より大きくズレていることは、少年時より自覚はあったものの、この変質的な心理の綾《あや》なす世界が、これほどのものとは思わなかった。

私は先ほど「これからおこる奇怪な件については後述する」と書いたが、この「奇怪な件」とは、老人が小説を読むだけで射精したという件とはいちおう関係はない。

これは後述すると言っても、まだまだ先のことである。この小説を最後まで読んで下さる方たちへの、これは、今としてはまだ取って置きの話である。

＊　＊　＊

大田家での老人の立場というものは、はなはだ中ぶらりんのままであった。本心をさらけ出せば、みんな老人をうとんじていた。うとんじるというより、気味悪がられていた。それはああまでして無理強《じ》いに父を連れてきた長男までが、本心の深いところでは、家族のみんなと同じ思いを持っていた。でも世間体《てい》というものがある。孤独なままの老人を、一人息子の自分として、これを放っておくわけにはいかなかったからである。

でも本音のところで言えば、カネである。老人が持参したこれだけの豪儀なカネがなく、もし無一文であるとしたら、どこぞの老人ホームあたりへ放り込んだであろうことは確実である。だが老人にはゼニがあった。これだけの持参金付きの老人は珍しい。一家は本心は別にして、この大きなお荷物、厄介《やっかい》で薄気味悪いヘンクツな老人を、表面上、いちおうは粗略な扱いもできず、おじいちゃん、おじいちゃんと奉《たてまつ》っているのであるが、家族全員、ずいぶんと無理をしているがために、みんなノイローゼ気味に陥っていた。

それに美保ときたら、美保という名前自体が大嫌いで、なおその名付け親が何と、おじいちゃんだとパパから聞き知ったので、よけいおじいちゃんのことを敬遠した。

老人は自分の部屋で寝そべっていた。孫の美保が犬を飼いたいから、パパにそう言ってくれないかと作り笑いしながら頼んでいたっけ。どうしよう、と思案しているところだった。

そのうち、夕食の時だったか、みんなして食卓を囲んでいる時、美保が突然パパに言いだした。

「ねぇ、パパ……」

笑顔をうかべて甘えるような言い方をする時の美保には、必ず何かの頼みごとがある時と相場が決まっている。

「何だ、美保、どうせロクなことじゃないだろうが、いったい何だ？」

「あのね」

と美保は、少しの間をおいて思い切って言い出した。

「可愛い犬を飼いたいんだけど、家で飼ってもいいでしょう？」

「そりゃダメだ」

横から、老人が不意に言った。わしに犬を飼うことをパパに承諾させてくれないかと、一度は頼みに来ておきながら、今更急にパパに直訴するなんて、言葉が違うじゃないかと腹を立てたのである。老人には老人のメンツがある。それをぶち壊された気がした。

老人が大の犬好きであることはもう衆知のことだ。その犬好きのありようが他人《ひと》とは大違いなのである。

遠い昔のことだが、井上靖の新聞連載小説を読んでいるうちに思わずもエレクトし、エジャキュレートまでしたことを思い出すとそれが分る。犬そのものを好きというより、犬が犬として愛玩されていることが理屈抜きに羨《うらや》ましいのであった。

タロの変則的な死の哀しみは、これは別である。安楽死とはいえ、自分が自ら愛犬を殺してしまったという自省が、いつまでもいつまでもついて離れないのである。人が見たら気が狂ったんじゃないかと誰しも思うような、時折見せる四つ這いとか、タロの懐《なつ》かしい鳴き声をまねて、自分も犬吠えするとか、少し異状ではあるものの、常軌を逸するこれらの行為は、愛犬家ならば少し病的とはいえ、説明を聞けば、納得《なっとく》できる範囲の話ではあろう。

これを機に、犬を飼うことは絶対にやめようと老人は決意した。自分自身、相当の年齢である。そのうえ、飼うとしたら生後間のない仔犬から育てねばならない。これに生涯付き合うにはもうこちらの年齢がついていけない。もし犬と見合うように長生きしたとしても、犬も短命の動物、いつ死ぬか分らぬ。

そこで常に、老人はタロの死を思い出す。あの時のあのような哀しみは二度と繰り返したくはないのである。

もう一つの理由は、先ほど述べたように、犬を飼うというより、自分が犬に生れ変ることを考えていたからである。飼い主になるより、あの小説のロン、ロン、ロンと呼ばれていた仔犬が羨ましかったのである。こんな心境を誰が理解してくれるというのか。

おじいちゃんやパパの許可ももらい、犬を飼うばかりを楽しみにしていた美保は、思いもかけぬおじいちゃんの反対の一喝《いっかつ》をくらって、しょげてしまった。

おじいちゃんの部屋は美保の部屋とドアごしの隣室であった。だから、ドアを少しほど開ければ、容易に覗《のぞ》き見ができる。覗き見どころか、大きく開ければ入っていくことさえできる。そしてその通りに、美保が授業の予習と宿題を済ましてベッドに横たわり、犬が飼えなくなった悔しさにあれこれ思いを巡らせている時、おじいちゃんがベッドの上の美保の様子をしげしげと覗き見していたうえに、今度は犬さながらに四つん這いになったではないか。

美保は悲鳴をあげた。そしてベッドの上に起き上り、大声をあげた。

「あたし、おじいちゃんなんか大嫌い。パパに頼んでねと、あれほど言っていたのに、いきなり『そりゃダメだ！』と肝心のパパや、みんながいる時に大声をあげるんだもの。そんなおじいちゃん、大嫌いよ。憎らしいくらいよ。

いいから出てってよ。おまけにそんなふうに四つ這って犬の真似《まね》なんかして、どういうつもり？」

老人は孫娘からそのような痛罵《つうば》を浴びながらも、そのまま四つ這ったままの姿勢で動こうともしなかったが、やがて立ち上り、無言のままにドアから自分の部屋に戻っていった。そのしょんぼりした後ろ姿は哀れっぽく、美保は少し言い過ぎたかなと、ドアの閉まる音を複雑な思いで聞いた。

＊　＊　＊

本当を言えば、老人は孫娘と仲良くしたかった。彼女に気に入ってもらいたかった。だが犬の件になるといくら孫娘が何と言おうと、自分の持って生れた変質的気質から、彼女の願いを聞き入れる気にはなれなかった。

たとえ長男をはじめ嫁をも交えて総員で犬を買いたい、飼いたいと言っても、それを承知する気にはなれなかったのである。

老人は確かに変人であった。だがこれは序の口である。

第二章

白い一本道だった。北から南への一方通行の道だった。夏の陽射《ひざ》しの頃には乾いたアスファルトが目に眩《まぶ》しかった。むっと熱気が顔をうつ。

美保が玄関を出て、二十メートルほどの路地を出るとすぐがこの白い一本道だった。この道を右折する。つまり南のほうへ向う。これが美保らの高校への通学路だった。道のすぐの左手に、背の高いゴルフ練習場の青いネットが数百メートルほどもつづいていたろうか。その先は畑になっている。いずれは建売住宅かマンションか団地が建ち並ぶことになるであろうが、今のところはただの畑で、閑静といえば閑静なところといえよう。

右手はといえば、小さいながら児童公園があり、その先は左手と同じく畑となっている。この道をまっすぐ歩き、枝道を右折し、これもまっすぐな一本道であるが、この道路の右側に美保の通う高校がある。高校のすぐ手前隣に、赤い三角屋根の白井動物診療所というのがあるのだが、あまり目立つことはない。

閑静なところと先ほど述べたが、学校のある枝道へ折れるまでは、一方通行とはいいながら、車が多い。道は狭い。直線道路なだけにスピードをあげる。それだけに、登下校時ともなると通学する生徒たちはよほど気をつけて片側に身を寄せるようにして歩いていないと、事故が起こりやすい。ドライバーも気をつけ気をつけ車を走らせてはいるのであろうが、なかには自転車に二人乗りでこの危険地帯を、車を縫い縫い走る若者らもいて、ドライバーにとっても、危ない道であることは確かだった。

それに春一番など、風が強い時などはまさに黄塵万丈《こうじんばんじょう》、畑の土などが舞い上がり、大袈裟《おおげさ》な言い方とも言えぬ、ここは風の通り道でもあった。冬は冬で凍るような北風が走り抜ける。一見、閑静そうに見えながらもこの道は、何となく人を情緒不安定にさせる傾向があった。美保が通学するにも、途中の枝道に折れるまでは、緊張の連続で息を抜く暇《いとま》もない。学校へ通ずる枝道へ折れてホッとするのである。特に美保にとっては、あまり目立たぬ動物診療所の三角屋根を見ると、何故とも知らず気が休まるのであった。

すぐその隣の塀《へい》を経て、学校のグラウンドの一部が見える。美保の足がとたんに軽くなって校門へと駆け込むのであった。

このあたりになると大ぜいの通学生らが反対方向からくる生徒らとも合流し、大へん賑《にぎ》やかなことになる。その反対方向からくる生徒らにまじり、必ず決まって一人、青年というか壮年ともいうべきか、三十代半ばとおぼしいスポーツシャツひとつの男が立ちまじってくる。髪の毛がちぢれ気味ながら上背があり、どちらかといえば痩身《そうしん》のほうであり、コンパスが長い。

美保にとって何となく気になるその青年は、大股《おおまた》で生徒らの間をかき分けるようにして、校門の前を通りすぎ、すぐ東隣にある例の三角屋根の動物診療所へと入っていく。小さい診療所なので、あの男が白井という表示の出ている、若いながらも当の白井所長なのであろう。美保が校門へ駆け込む前に、この男とは必ずすれ違うのである。学校の始業時間と診療所の開業時間がたまたま一緒のせいでもあろうが、他の生徒らは気にすることもなく行きすぎるのであるが、美保にとってはそれが気になって仕方がないのであった。

カッコいいといえば、確かに白井はカッコいい男の部類に入るであろう。しかしそれよりも美保は大の動物好きで、なかでも犬を飼ってみたいと熱望していた折でもあり、白井が他ならぬ動物診療所の医師らしい、その職業に大いに興をそそられたのである。診療所では犬は売ってないのであろうか。買いたいのなら他にペットショップが近くに何軒かある。しかし、ただの売り買いより、そうしたペット類の健康状態を管理する、あるいは病気を治療する診療所のほうが美保にとっては好ましいのであった。

とはいえ当座の美保はまずは犬がほしかった。ポメラニアンやペキニーズのような小型愛玩犬《あいがんけん》もいいが、グレートデンのような堂々とした大犬にも魅力があった。といって、秋田犬や柴犬も捨てがたい。けたたましく鳴きたてるスピッツ類だけは嫌いであったが、だいたい犬とさえ名がつけば、種類は問わず、どの犬でも一度飼ってみたいものだと美保は熱望していたのである。おまけに、学校の隣にはあのような診療所さえある。そこの所長であろうと思えるあのハンサムな医者に、時々は健康管理もしっかりと診《み》てもらえるではないか。

美保がこれほどにも犬にこだわるのは、一つには兄弟姉妹に恵まれない一人っ娘《こ》のせいであるともいえよう。それだけに、一人っ娘《こ》は親からは猫っかわいがりに愛情を独占できる代りに、限りなく寂しいのであった。兄弟姉妹の多い友人らの家庭に遊びに行ったりすると、少しうるさすぎるんじゃないかと思えるような乱雑な家庭環境さえもが、すっごく羨ましく思えることが多かった。

＊　＊　＊

美保らの通学する一本道は、車がスピードをあげる危険な道だと先に述べた。春風の強い日や冬の寒い日など、ひときわ強風が吹き渡る風の道で、なぜともしれず人を情緒不安定にさせる道だとも先に述べた。

しかし、それは年がら年じゅうそうであるとも言いきれず、朝方や夕刻時のラッシュの時間帯をはずした昼下がりのひとときなどは、走る車もまばらになり、風の穏やかな日などそれこそのんびりした散歩道ともなり、季節どきには畑の大根の花が白く美しく咲いて、そこをジョギングに汗を流す若者たちも散見できる、平和なのどかな風景を見ることも珍しくはなかった。

＊　＊　＊

美保は、母親の颯子とは大の仲良しだった。颯子は頬骨《ほおぼね》が常人より少し高い点があるが、全体的には彫りの深い整った顔立ちをしていて、色が白い。つい最近、美保はテレビのリバイバル名作洋画劇場とやらで見たジーン・アーサーという女優にいっぺんに魅《ひ》かれてしまったが、その女優の印象が母親と似ているものを感じ、よけいジーン・アーサーのファンとなった。父親の喜八郎に、

「うちのママったら、ジーン・アーサーに似ていない？」

と同意を促すように訊いてみたが、「さあ、そうかなあ、べつに似ているとも思えないけど」

と、ニべもない返事が返ってくるだけだった。それでも父親は大の映画ファンだったた青春期を過ごしただけあって、ジーン・アーサーのことはよく知っていたし、いちおう

は許せるのであるが、学校の映画好きなクラスメートたちに訊いてみると、誰もジーン・アーサーなどというナツメロ映画の女優など、知る者はなかった。イングリット・バーグマンやオードリー・ヘップバーンなどは知っていても、ジーン・アーサーを知る者はいなかった。

美保は悔しくって、今度はおじいちゃんに訊いてみることにした。おじいちゃんなら、古いこと、いっぱい知っているはずだから。

「ジーン・アーサー？」

おじいちゃんは珍しく目を細め、笑顔になった。

「そりゃ、よく知ってるよ。でも彼女、一口に言って戦前のスターだったしな。ゲーリー・クーパーと共演した『オペラ・ハット』とか西部劇の『平原児』、ジェームズ・スチュアートとの『スミス都へ行く』など、みんな印象深い名作だったよ。

そうそう、戦後ではアラン・ラッドとの『シェーン』に出ていたが、もう盛りはすぎて印象は薄いかもしれんな。

彼女、とびぬけて美人とは言えぬがの、あのメリハリのきいた男まさりのところがあって、とにかくおじいちゃんも大好きな女優だったな。池波正太郎という作家がね、おんなじようなことを雑誌に書いていたっけ……」

日頃は煙ったくうとましく思えるおじいちゃんが、この時ばかりは好ましく頼もしくさえ思えた。だって、ジーン・アーサーをよく知っていて、彼女の映画はよく見ていて、おまけにその大のファンだと聞いて嬉しくなったのである。さすがはおじいちゃん、古いことをよく知っているなと、美保は感心したのである。

「じゃ、訊くけど、おじいちゃん……？」

美保はもう一歩突っ込んだ。

「あのね、うちのママ、ジーン・アーサーに似てると思わない？」

老人は一瞬目を閉じ、しばし古い印象の女優の面影を追想するように考えあぐねているふうであったが、やがて口を開いた。

「なるほどな、美保にそう言われてみると、どこかしら似てるかもしれんな。あの頬骨から目もとにかけてと、どうかしたはずみの仕種《しぐさ》とか、似てると言えば似てる。美保、お前、観察が細かいな」

美保はよけい嬉しくなって、つい口をすべらしてしまった。

「じゃおじいちゃん、うちのママのこと、好きなんでしょ？」

「何を言い出すんだ、美保。いきなりそんなこと言い出すもんじゃやなか。第一、お前はまだ子供じゃろが」

「だってさ、おじいちゃんはジーン・アーサーが好きなんでしょ。そのジーン・アーサーにどこかママが似てるってことは、そのママだって好きになるってことじゃない……」

美保は老人の反応をおもしろがるように言いつのった。

「好きとか嫌いとかいう問題とそりゃ違うことじゃなかか。息子の嫁で、美保、お前の母親ということの親しみはあるさ。嫌いだったら、第一、おじいちゃん、いくら勧められても東京へなんか来《こ》んかった。同じ屋根の下の家族だもん、そういう意味でなら、颯子のことは好きだよ。ジーン・アーサーのこととは、次元の違う問題だよ、なあ、美保」

とは言いながらも老人の脳裡《のうり》によみがえったのは、亡妻のカツのことだった。美保に言われて、初めて思い当たるのは、彼女もどこやらジーン・アーサーに似ていなくもないことであった。特に、ゲーリー・クーパーと共演して鉄火な西部女を演じた『平原児』などを思い起こすと、どこやら彼女のかもし出す雰囲気《ふんいき》がカツに共通するものがあったなと、涙が出るほど懐かしく思い出されるのであった。今まで、そんなことなど、ついつい気づかずに過ごしてきたものを、美保がジーン・アーサーのことなど言い出して、嫁の颯子と似てはいないかなど、突拍子《とっぴょうし》もなく言い出すものだから、ついつい老人もそれにつられ、昔の妻のことをそんなふうに思い起こしたのであった。

しかし、妻はもういない。世界にたとえ六十億人もの人間があふれ返っていようと、どこをどう捜しても妻と巡り会うことはできないのだ。そして、もちろん、ジーン・アーサーという女優ももう世界中、どこにも居ない。リバイバルで上映されるたまたまの機会か、ビデオなぞでさながら今、生きて動いて、あの特有のハスキーな声を耳にでき得ても、実際の彼女はとっくに死んでしまって、どこにも居やしないのだ。

かつて確かに居た人がもういない、老人にとって、この当たり前のことがどうしても納得できないのであった。老人の感傷と言うなかれ、老人は頑固な一面、感傷によって生きているのだ。こういう心のさざめきなど、まだ若い美保などには到底理解でき得ぬことであろう。

だが、美保に言われて気付いたことがある。嫁の颯子がジーン・アーサーに似ている、そう言われれば似ていなくもない。そして、それにつられ、ふいっと連想した亡き妻のカツも、ちょっとした仕種などや、彼女のかもし出す雰囲気のどこか、ジーン・アーサーに共通してたなと、改めて追想するのであった。

だからと言って、亡妻のカツと嫁の颯子とが似ているかと言うと、そうはいかなかった。カツはシャキッと背筋の伸びた感じのする気丈な博多の女と言えたが、颯子はどちらかと言うとおっとりとしたなかに芯《しん》の強さだけは持っている、山の手の奥様然とした普通の主婦であった。しいて言えば、二人は二人なりにそれぞれの特徴を持ったまずは美人の部類に入る女であることは老人も認めざるを得なかった。

というわけでもなかろうが、美保からいきなり、

「うちのママのこと、好きなんでしょ」

と言いだされた時は、不意をつかれた感じがして、思わずドキリとしたことは本音であった。そのために、息子の喜八郎に妬《ねた》み心をまで抱くほどバカな父親ではなかったが、老人にとっては年代を超え、颯子は好ましいタイプの女であることには違いなかった。

＊　＊　＊

美保が通学する白い一本道は、どこやら人をして情緒不安定にさせるところがある落ちつかない道であることは先にも再度触れた通りである。なぜそうなのか、それは曰《いわ》く言いがたいところである。特に春先の花芽どきなどは、時候としては一律に全国どこでも人をして情緒不安定にさせる言いがたい魔力を持つ季節で、殊に病人にとっては最も要注意の時節と言えたが、美保の通学路の一本道には、そのことがなおいっそう当てはまるような気がするのである。

第一、この季節、殊に車の事故が毎年必ず何件か発生することであった。ドライバー

は言う。「この道を走ると、ヘンなこと言うようだが、妙に何かに魅入られたような気がして、気分が落ち着かなくなるんだよ」と。

それればかりではない。飼い主に見捨てられて野犬となった犬たちが凶暴化して子供に噛《か》みついたりする事件が一つや二つあるばかりではなく、この道に沿ってもっと悲惨な事件が起こったのも、この春、桜も葉桜となった新学年の始まったばかりのことであった。

＊　＊　＊

一本道を途中から枝道を右へ折れると、美保らの通う高校や白井動物診療所の三角屋根があったりするのだが、それを右に折れずに更に直進すると、すぐ左手に、地元では三角山となぜとも知らず言い慣らわしている五百坪ほどの、小規模ながらも往時の武蔵野を思わせる雑木林があった。三角山なぞと言っても、そこに山があるわけではない、小高い丘があるわけでもない、畑と地続きの平坦な土地であるにすぎない。でもそこを土地では三角山の通称で通っている、どうもピンとこない地名である。

櫟《くぬぎ》、楢《なら》などの落葉樹にまじり、樫《かし》、椎《しい》などの常緑樹が立ちまじった雑木林である。その間を、小さいながら柵《さく》をした散歩道が幾筋かしつらえてあり、小汚い休憩用のベンチが道に沿って三つばかりこしらえてある。

畑ばかりが多いこの地区では、ちょっとした雑木林で物珍しくはあるのだが、何となく手入れのゆき届かぬ荒れた感じがして、この三角山の林の中の散歩道をたどる人は少ない。時には犬の散歩のついでにここに入り、犬の喜ぶままに首の鎖を解き放ったりするのを見かけることはままあることである。

犬は大喜びで林の中を自由に駆け回るのだが、こうした犬の散歩のつれづれに三角山へ入った一人の主婦が、この時、大へんなものを見つけ大騒ぎになったのである。もっとも、それを直接に見つけて吠えたてた最初の発見者は主婦の飼い犬ではあるのだが、もうそういうことはどうでもいい騒ぎになったのである。それは午後三時過ぎ頃のことであった。

そこには、落ち葉や腐植土が一面に樹間の地面を覆《おお》っている一画に、まだお下げ髪の、稚《おさ》な顔の残るセーラー服の少女が、生きているのか死んでいるのか意識不明の状態で横たわっていたのだ。その横には、細長い縄切れが、少女の体に添うように落ちていた。

その状況を観察すれば、おそらく少女は、雑木の枝で首吊《つ》り自殺を図り、その肝心の首吊り用の縄が古かったために、途中で切れて落ちたものらしいことが容易に推測されたであろうが、発見者の主婦にはそんな観察の余裕などあろうはずもなく、びっくり仰天して三角山を跳び出して道路へ出ると、大きな金切り声をあげてその場にへたり込んだのである。鎖を外されて、いっときの自由を謳歌《おうか》して、樹林の間を駆け回っていた飼い犬が、何が起こったのかも分らずに、ただおろおろするように、道路にへたり込んで金切り声をあげる主婦のそばへ寄ってきて、憂わしげな声で鳴き声をあげるのであった。

そのただならぬ声を聞きつけた通行人や、近くで畑仕事をしていた農夫や農家の主婦たちが駆けつける、通りすがりの車は、轢《ひ》き逃げ事故か何か起こったのかなと、徐行しつつウインドー越しに覗き見ようとして渋滞が起こる、そこへ下校時の高校生らに、更に変事を伝え聞いたクラブ活動をしていた生徒たちに加え、学校にいた教師らも駆けつけてきて大騒ぎになったのである。何しろ、三角山は学校からは比較的近い場所にあったからである。

皆して、発見者の主婦の指差す雑木林へ入っていって、そこに横たわっているセーラー服の女子校生を取り巻き、ああだ、こうだの緊張した意見が飛びかった。

「まだ生きてるんじゃないのか」

気を利かした一人が、早急《さっきゅう》に持参していた携帯電話で救急車を呼んだ。

「誰も手をつけちゃならねえぞ。自殺は自殺に間違いはなかろうけどな」

誰やらがそんな声をあげる。日頃は閑散としている三角山は、この時ばかりは大勢の人だかりで賑やかなことになった。特に、美保らの通う高校の生徒たちや先生らが、総員こぞってと言えるほど駆けつけていた。

だって倒れていたその生徒は、同じ高校の、しかも美保とは同じクラスのクラスメート、宮崎延子《のぶこ》だったからである。通称ノコちゃん、入学時から活発な、ひときわ目立つ少女であった。

騒ぎを聞きつけ、診療所の白井医師も小走りにやってきた。この時は、スポーツシャツではなく医師らしく白衣のままであった。救急車はまだ来ないのかなどと、人々は口々に言いあっていた。

「ちょっとご免なさい」

白井医師は人混みをかき分けかき分け、人垣の前に出た。彼は倒れている延子の傍《かたわ》らに膝《ひざ》をつき、その口元や眼瞼《がんけん》を点検し、セーラー服の胸元をかき分けるようにして心臓部に耳を当てた。そうしておいて、白衣を腕まくりし、力いっぱい心臓マッサージを始めたのであった。彼の専門はペット類の一般動物であっても、人間だって動物は動物、こういう緊急の際の応急処置は素人から見れば手慣れたものであった。

やがてサイレンを鳴らし救急車が駆けつけ、係員がざっと白井医師から様子を聞くや、すぐさま延子を車内にかき抱くように乗せ、その場から取って返すように走り去った。

後で分ったことだが、彼女が担《かつ》ぎ込まれたのは比較的近くの中田脳神経外科病院というところで、担ぎ込まれた間際《まぎわ》までは辛うじて生きていたそうだが、担ぎ込まれるや否や、医師の努力の甲斐《かい》もなく息を引き取ったらしい。
ノコちゃんこと宮崎延子は、かくして十六歳の短い命を散らしたのであった。

第三章

学校中がノコちゃんの自殺のことで大騒ぎになった。新学年が始まったばかりで、新入生も多数入学したてで、始業式も済んだばかりだというのに、授業どころの話ではなくなった。

男女共学とはいいながら、比較的女生徒の多いこの学校では、また同時に物事に殊に感じやすい年頃の娘が多いだけに、皆してあちこちにグループをつくってはノコちゃんの思い出を語り合い、語り合いつつそれがどれも言葉にもならず、泣き入る嗚咽《おえつ》の声が教室中に充満するのであった。

ノコちゃんの死は、誰にも予測のつかぬ思いもよらぬことだっただけに、いっそうみんなのショックは大きかった。生徒ばかりではなく一般教師も教頭も校長も、それにPTAをはじめとする父兄の間でも、大きな波紋を広げていくことになった。

ノコちゃんはバスケット部でもリーダー格だった。健康で明るく、勉強もずば抜けてよく出来た。美保など、彼女から、宿題のよく分らないところなど、何度か親切に教えてもらったことさえある。

理数系がやや苦手だとこぼすこともあったらしいが、それでもその理数系においても常にトップクラスを走っていた。特に英語を得意とし、将来は外国語大学へ入って、許されるならドイツあたりへ留学して外交官になりたいなど、抱負を語ることもあったらしい。

ノコちゃんは可愛い娘《こ》だった。お下げ髪の下のクリクリとした大き目の瞳《ひとみ》が、彼女の利発さと、持ち前の向うっ気の強い正義感を表わしていた。

そんな彼女が、虐《いじ》めにあうなど金輪際、あり得ぬことくらい、誰でもが承知していた。虐められるどころか、彼女はみんなから疎《うと》んじがられがちの弱い子を進んで庇《かば》い立てする強い娘《こ》でもあった。

彼女が坐《すわ》っていた机には、誰からともなしの花束で埋まり、彼女が短い命を散らした三角山の樹陰《こかげ》にも、白や黄色の花束がうず高く飾られることになった。

第一、彼女が学校を休むことなど絶えてなかったのに、その日に限ってノコちゃんは無断欠席をしていた。教師はじめクラスメートたちも、また美保にしても、それは始業時から気になることであった。どうしたんだろう、何かあったのかしら、それは言わず語らずみんなの思いで、主《あるじ》のいない空席のままのノコちゃんの机を眺めるのであった。

風邪《かぜ》でもひいたのかしら、――でも他《ほか》の者ならいざ知らず、それは到底考えられないほど彼女は健康だったし勉強熱心だったし、それに、もしも仮に何らかの病気で学校を休まざるを得ないような事態が起こったり、親類縁者に不意討ちの不幸があって、そのために欠席をしたにしても、それならばそれなりの連絡が必ず学校に入っているはずであった。彼女も、彼女の両親をはじめ家族も、みんな実に几帳面《きちょうめん》な性格で、無責任なルーズさなどみじんもなかったからである。

救急車が三角山に到着する直前、知らせを受けた母親が髪振り乱すように取るものも取りあえず現場に駆けつけてきた。キャリアと呼ばれる上級公務員の父親は役所に勤務中で、その時は不在だった。でも電話連絡か何かで、この思いもよらぬ悲報を耳にし、大急ぎで帰宅途中なのかもしれなかった。

母親は、あまりの変り果てた娘の姿にただ呆然《ぼうぜん》として涙も出ぬ様子だったが、その娘の胸をはだけるようにして人工呼吸や心臓マッサージに汗を流している白衣の男に深々と頭を下げた。

「まだ息はあるんでしょうか？」

「かすかながら、まだ息はあります。心臓も動いています」

白井医師はそう答えながら、手は休めずに心臓マッサージに懸命に取り組んでいたのであった。それでも前述した通りに、ノコちゃんは永遠に帰らぬ不帰の客となったのである。

＊　＊　＊

ノコちゃんの机には、きちんと整理された教科書、参考書、字引類にノート、文房具類等が残っていたが、そのノートの一ページを切り取ったとおぼしい一枚の紙片に、走り書きしたらしい、彼女にしては珍しく乱れた跡の残る文字で次のように記《しる》されていた。

友よ、私が死んだからとて
　涙を流さないでほしい
友よ、私が死んだからとて
　墓に花などそなえないでほしい
友よ、私が死んだからとて
　四十九日がすぎるころには、もはや
　私のことなど忘れてほしい
友よ、私が死んだからとて
　私の思い出など語らないでほしい

これがクラスメートたちへの遺書のつもりなのかどうかは分らぬながら、彼女の死は覚悟のうえの自殺であったことだけは確かであった。

しかし、しかしである。これほど不可解な事件は何のために起きたのか、誰も語ることはできなかった。あたら十六歳の花の命を、自ら散らすなど、彼女がずば抜けて優秀で明るい娘《こ》であっただけに、誰しも考え及ばぬことであった。

その前日、学校を了《お》えて帰路についた時、家が同じ方向であったために途中まで一緒に帰った友達は、ノコちゃんと別れる時、全くいつもと同じ調子で彼女は手を振り、

「じゃあね、バーイ」

と、にっこりほほえんだと言う。これが彼女の級友へ遺《のこ》した最後の、そして永遠のバーイであったなど、どうしてその友人は知り得たであろうか。

高校の校長は女の先生であっただけに、今度の事件ばかりにはすっかり動転して、全生徒を集めての集会の挨拶にも、初めからおろおろし、涙で声にならぬ声でみんなに呼びかけるのが精一杯であった。

「今度の事件ほど哀しいことはありません。悲惨なことはありません。……先生にも何が何だか訳が分らなくて……ただただ涙が出てくるのを、抑えようがないのです。

……これには、先生はじめ皆さんやご家族にも分らない、延子さんの悩みというものがあったとしか考えられません。……

悔しいことに、つい昨日まであんなに元気にしていたノコちゃんが、もうこの世にはいなくなってしまっているんだという事実だけは、認めなくてはなりません。……」

校長はそこで一息ついたが、あとはもう言葉がつづかず、生徒一同の嗚咽の声といっしょに、みんなしてすすり泣くのみであった。

虐めが原因の生徒の自殺は、不幸なこととはいえしばしば新聞やテレビの報じるところであった。だがノコちゃんの死は、一種特別の事件であった。理由がまるでつかめない。そこで新聞の社会面でも、テレビのトーク番組でも、これを〃理由なき自殺〃として報じたのであった。かつてのジェームズ・ディーンの『理由なき反抗』という映画の題名を想起される方もあったであろうが、〃理由なき〃という理由ほどつかまえにくいものはなかろう。不幸なことに、これは社会の歪《ゆが》みによってであろうが、〃理由なき殺人〃という忌《い》むべき事件が最近は多発しすぎる。こういった一連の事象とノコちゃんの自殺は、全く違った意味を持っていた。

明治三十六年五月に、時の一高生（東大生）藤村操《みさお》が、「人生不可解なり」の有名な巌頭之感《がんとうのかん》を残して華厳滝《けごんのたき》に投身自殺をなした事件などを引用して紹介した記事も見られたが、ノコちゃんの死とはそれほどの関連があるとも思えなかった。

もちろんそれはそれにしても、その死は変死であるには違いなかったので、中田脳神経外科病院で彼女が最後の息を引き取ったあと、警察のほうで念のための遺体解剖の手続きがとられたのであったが、何の異状も認められなかったためか、その結果についての発表は特に行われなかった。

ノコちゃんの家庭は、ごく平凡なというよりは並以上に恵まれた環境にあると言えた。父は先述のようにキャリアの上級公務員、四十二歳の働き盛りにあった。母は慶応の露文出身、父とは熱烈な恋愛結婚と言われるのも宜《むべ》なるかな、三十八歳の特別奇麗な女性《ひと》であった。これは偶然というか、大田美保の母、颯子と同年であった。

その他に、ノコちゃんの下には中学二年の弟と、小学校五年生の妹がいた。だから、ノコちゃんを含め親子五人の生活は、一家団欒《だんらん》もいいとこ、模範的な平和な家庭であったと言えよう。それだけになおいっそう、宮崎家にとっての悲劇は、想像するに余りあるものがあったに違いない。

取材陣はテレビをはじめどっと押しかけるには押しかけたが、宮崎家の門扉《もんぴ》はぴたりと閉ざされたまま、家内《いえうち》からの応答は何も得られなかった。ただインターホンで記者の誰かが、

「何か遺書の類《たぐ》いは残ってなかったのでしょうか」

という問いかけに、

「遺書は確かに残してありました。だけど、その内容は憚《はばか》りがございまして、今ここに申し上げるわけにはいきません。せっかくですけど皆さん、このくらいでご勘弁下さい。あたくしどもも、何が何やら訳が分らず、ただただ困乱しておりますばかりで……」

延子の母親らしい声で、メリハリのきいたしっかりした口調でそこまで言いかけると、突然そこから声が声にならず、泣きくずれるような嗚咽に変り、インターホンの応答は

一方的にプツリと切られ、あとは無言のまま、家内からはついに何の応《いら》えも得られず仕舞であった。

＊　＊　＊

「葉桜もそろそろ終り頃だけど、ねえ美保、気晴らしに公園にでも散歩に出かけてみない？」

ノコちゃんの事件以来、急に口数も少なくなり、沈み込みがちになってしまった美保を気づかいながら、学校休みの或る日、母の颯子は娘に誘いをかけた。

公園とは、美保の家から歩いて十二、三分のところにある巌松寺《がんしょうじ》公園のことである。桜の名所でもあって、周囲二キロほどの池には貸しボート屋の手漕《てこ》ぎや足踏み式のボートが、三々五々、親子連れで乗っているのどかな風景が見られ、休日の時などは臨時に石焼き芋やおでん屋の屋台が出て、ちょっとした遊楽気分をかきたててくれる所でもあった。

池を取り巻く周辺はいずれも高台になっていて、特に北側の台地上に小高くなったあたりは、常緑樹の樹林が密に茂り合って、池との照応から見る風景は、一幅の絵でも眺めるような趣があった。従って、この池の周辺には幾人もの男女取り合わせての日曜画家が腰を据《す》え、趣味の絵筆を走らせている光景もあちこちに見られた。

東側の広場には砂場があり、ジャングル・ジムにブランコ、シーソーなどあり、子供たちの格好の遊び場となっていた。と同時に、幼な児を連れた若い母親たちが集まっての、子供を遊ばせついでの井戸端会議の場をも提供しているのであった。

池を巡っては要所要所にベンチが、二カ所には東屋《あずまや》まであり、据えつけの木のテーブルにベンチが添えてあったりして、散歩ついでの休憩《きゅうけい》に便利であった。そこへ鳩《はと》の集団が群れをなして飛び交い、子供や若い夫婦や恋人同士などとは別に、足取りもおぼつかない年寄りが大きな紙袋からパン屑などをばらまいて鳩たちを呼び寄せる光景も珍しくなく見受けられた。年寄りたちはそうして自分の足元に集《つど》い寄る鳩の群れを眺めては、自分たちの無聊《ぶりょう》を慰めているのであろう。

そうしたこともなしに、ただただポツネンとベンチに坐ったままの年寄りもいた。長いこと池の面《おもて》に見入ったり、ジョギングに汗を流して池の周囲を何周も走りすぎる若者らをぼんやりと眺めるだけで、何時間も何時間も時間を過ごしているのであった。彼らは、どこという行き場所もなくてそうして時間をつぶしているのであろうが、まだ、杖《つえ》つきつつも自力で歩けるだけ幸せというものであろう。

森には烏《からす》もいっぱいいたし、野良猫もいっぱいいた。のどかな平和な風景の中の、これは哀しい点景といえた。あちらの木立の根方、こちらの草むらの陰といった具合に、茶や斑《ぶち》や黒白に黒といった猫たちがうずくまったままでいる姿が、あちこちに見られるのである。車などで、遠方からわざわざここまで連れてきて、邪魔な子猫たちを捨て去っていくケースが多いという。なかには、棒杙《ぼうくい》に鎖でつながれたまま悲痛な声をあげている捨て犬を見ることもある。平和そうな公園にも、こうした裏舞台があることを見逃すわけにはいくまい。

＊　＊　＊

「そうね、久しぶりだから散歩に行ってもいいわよ。行きましょうか」

美保は颯子から誘われるまま出支度を始めた。そうして二人して家を出た。父親の喜八郎はゴルフとかで留守だったので、戸締まりだけはしっかり済ました。老人一人だけの留守では心もとなかったからである。

公園に行くには、例の一本道を歩かねばならない。学校への通学路と同じである。学校へは途中から右折するわけだが、それを曲がらずにしばらく先から左折して、点々と建つ住宅の間のくねくね道を道なりに進むのであるが、その左折する左側手前の一画が例の三角山になっているのである。

美保も颯子も、当然素通りはできなかった。どちらからともなく、自然に二人は、日頃は入ることのなかった三角山の中に入っていった。樹林の間の小径《こみち》を外れた下藪《したやぶ》の一画が、奇麗に雑草が摘み取られ、そこへケルンのように小石が積まれ、まだ新鮮な花束が、古く枯れかかった花々の上に置かれていた。誰ともなしの、ノコちゃんへの思いが、こういう形で色濃く表現されているのであった。

「どうせなら、お花でも持ってくれればよかったのに」

颯子が言うのに、美保は素直に頷《うなず》いた。彼女も心底、そうすべきであったと後悔しているのであった。まだあれから十日ほどしか経っていない。ノコちゃんへの記憶はまだ鮮烈であった。二人は、しばらくはその場に手を合わせ、祈りを捧《ささ》げたあと、もと来た道に戻った。

桜の時季も終りだというのに、その日は休日のうえに日和《ひより》もよく、珍しく春風も穏やかなこととて公園は人出で賑やかだった。こちらは家の近くでもあり、何度も何度も来慣れたところだけに、さして新しい発見もなく、いつも通り歩き慣れた池の西側沿いの小径を歩いた。途中に湧水《ゆうすい》がわき出ている泉が岩の根っ方にあり、「これは、往古、源頼朝がこの地を訪れた際、杖を立てると滾々《こんこん》と泉がわき出た」と伝承を書き立てた立て札が傍《かた》えに立てられてあった。これが、この池の源泉であるらしいのだが、それだけではこの池をいつも満杯にしておくには少なすぎるのでは、と、これはかねてからの美保の疑念であった。だって、池尻《いけじり》のほうからは常に水が流れ出て、この池は巌松寺川の水源をも成しているのだから。

＊　＊　＊

彼女たちは、ボート乗場の小舎《こや》の近くの東屋に、ともかくも腰を下ろした。ここからは、南北に延びる池の全景がよく見渡せるのであった。

そこへ、同じ東屋の中に、スポーツシャツに白い運動ズボンを穿《は》いた男がふらりと入ってきて、美保たちとは真向いのベンチに腰を下ろそうとした。下ろしかけながらすぐにニッコリほほえみかけ、親しげに挨拶をした。

「やあ、今日は。あなた方もここへいらしてたんですか」

美保は彼があの診療所の白井であることがすぐに分り、ほほえみ返しながら頭を下げた。登校の際、校門へ駆け込む前にはしばしば彼とはすれ違った。三角屋根の診療所は、学校に接してすぐ手前にあったから。大ぜいの生徒たちの間を縫うようにして診療所へ入っていく背の高い彼の姿は、大ぜいの中でもよく目立った。だから、挨拶こそ交わしたことはなかった美保だが、彼女のほうからは彼のことはよく見知っていた。でも、彼のほうから美保のことを覚えているなど、ちょっと意外だっただけに彼女は嬉しかった。

それだけではない。ノコちゃんの事件の時など、救急車が来るまでの応急処置に懸命に力を尽くしていてくれたではないか。それやこれやで美保にとっては、言葉を交わすのは初めてであったとしても、まるで旧知の人と話を交わすように気が軽かった。

「先生も、公園にはよくいらっしゃいますんですか？」

「ああ、近くなもんだから、よく息抜きの散歩に来てますよ」

白井はそう言いつつ、颯子のほうに視線を走らせた。

「こちら母です」と颯子を白井に紹介しがてら、美保としては内心得意だった。だってママはジーン・アーサーに似てて、若くて美人だもの。そう言えばママは、ノコちゃんとこのママと同じ三十八歳なのだが、ずっとずっと若く見えた。二人して歩いていると、母娘《おやこ》じゃなくて姉妹に間違われることがしばしばある。美保は母自慢で鼻が高かった。

「ママ、この方、白井先生よ。あの動物診療所の……」

と言いつつ付け加えた。

「ほら、あのノコちゃんの時、救急車が来るまで一生懸命介抱して下さっていた先生よ」

「ああ、あの時、白衣を着てらした方。後ろ姿しかお見かけしてなかったものですから、これは大へん失礼しました」

「いいえ、私のほうこそ……」

と白井は言葉を返しながら、坐りかけていた真向いのベンチからこちら側のベンチに席を移しかえ、颯子と並ぶようにその横に坐った。颯子を挟んで白井と美保の三人が横並びに坐る形になった。

「それにしても」

と白井は言った。

「延子さんと言うんでしたね、あの娘さん、利発で、可愛いお子さんでしたのにね。私も大へんなショックを受けました。ああいう自殺って、カミュじゃないが、不条理とか言いようがありませんね」

「そうですわね」

颯子は、不条理などというむつかしい哲学用語のこととは無関係に、ただ相槌《あいづち》を打った。

「うちの美保も同じ感じやすい年頃でしょ。それに、日頃延子さんとは特に親しくして頂いてたんです。全く他人事《ひとごと》とは思えないんです」

「そうですね、デリケートな娘さんの心情など、とてもついていけない気がします」

白井も同感だと颯子の言葉に頷きつつ、

「どうですか、商売気で言うんじゃないですが、この際、犬でも飼われてみたらいかがです？　まだ犬をお飼いになってはいないんでしょ？　気分転換にはもってこいと思うんですけどね」

「はい。うちでも、特に美保など、前々から犬を欲しがってるんですけどね。でも、ダメなんです。家《うち》には頑固な老人がいまして、絶対反対なんです。それにはそれなりの理由はあるとしましても、どうしてもダメだとはねつけて、どうしようもありません。困ってるんです」

「そうですか。それは弱りましたね。犬を飼うにしても、家族全員が賛成でないとね。

一人でも反対する人がいたりしたら、犬が可哀《かわい》そうだし、そういう家庭ではまず犬を飼う資格がないと言えましょう」

憮然《ぶぜん》とした表情で池の面を見やる白井の横顔を見つつ颯子は言った。

「ぶしつけな言い方でなんですけど、家にお茶飲みにでもいらっしゃいませんか。家はすぐこの近くなんですよ。今は夫はゴルフで留守ですし、ちょうどよござんすわ、ねえ美保」

初対面でもノコちゃんのことや犬のことなど共通の話題が出たうえ、颯子はよほど白井に好感を持ったのだろう。もちろん美保も否やのあろうはずはなかった。ひょっとして、白井ならおじいちゃんを説得できるかもしれないなど、ひそかな計算も働いていた。

第四章

「あの男、今日も来ているようだな」

美保が老人の部屋をのぞいた時、老人は言った。

「うん。まだ居てさ、何かしらママとべちゃくちゃしゃべってるよ」

「パパは？」

「居ない。日曜だというのに、何か用事があるからって昼過ぎに出ていったきりよ」

美保は気乗りしない表情で答えた。

「そうか、そういう時に限ってあの男、来るようだな。たしかあの男、動物診療所に勤めているって話だったな」

老人は喉《のど》の奥から、鞴《ふいご》のような風を送り出すようにして言った。よく聞いていないと聞き取れない。それで美保は聞こえのわるい左耳を反対側に傾け、できるだけ右耳で聞き取るように心掛けていた。

「そうよ、動物診療所の所長さんよ。それでさ、その診療所、あたしの通ってる学校の、すぐ隣にあるもん。登下校中、よく会うの」

と、美保。

美保にとってはおじいちゃんと違って、彼は好感の持てる青年だった。ドクターとすれ違う時、清潔な消毒液の匂《にお》いがする。おじいちゃんの、まるで死臭のような、老人特有の、浮浪者の臭いのようなそれと比べれば、月とスッポンだ。

老人は美保の思惑がどうあろうと、自分の抱いた印象だけを言いつのった。

「あぁいうご面相をし、あぁいう目つきをしている男はな、美保、よく聞いとけよ。色悪《いろあく》と言ってな、女癖が悪いもんだと相場が決まっちょる。ママにもそう言って、注意するよう美保からも言っとけよ。どうにもあの男は気にくわん」

老人は疲れでもしたのか、それまで半身を起こし、坐っていたベッドの上に、今度はながながと寝そべった。

こんなことでは、犬を飼う話など、白井におじいちゃんを説得してもらえるかもしれないなどの美保のひそかな思惑は、とてもかなえられそうになかった。

そう言えばと、美保は思った。あのドクター、おじいちゃんのいう通り、ここんところ暇さえあれば遊びにくる。それもパパのいない日をねらうようにやってくる。あのドクター、ママに気があるんだわ、きっと。

「おじいちゃん」

白井のことは別において、美保は老人に呼びかけた。

「何だ」

「おじいちゃんは犬好きでしょ？」

「そりゃ、大好きさ」

「九州に紀州犬ばかり八十頭も飼ってるいいブリーダーを知ってるとも、いつか言ってたわね」

「うん、そうだよ」

「だったら、なぜ犬を飼うの、ダメなの？　昔飼ってた愛犬を安楽死させたからって、もういいじゃない。五年はたつんでしょ、それから」

　すると老人は不意に黙した。それまで友好的な雰囲気で進んでいた会話が、急にとぎれると共に、何とも知らず険悪な空気が漂った。

「美保」

「なーに」

「美保はまだ幼い。おじいちゃんのような年寄りの気持なんか分るもんか！」

　老人はしわがれた声ながら、叫ぶように言った。こうなると頑固な老人の一徹さをくつがえす術《て》はもうなかった。時にはおじいちゃんともっと仲良くなって、たんまりとお小遣いをもらい、犬を買ってもらい、でなければパソコンをでも買ってもらおうかなともくろんでいる美保にとって、こんな時のおじいちゃんは大嫌いである。

　美保が階下《した》へ降りていくと、ちょうどドクターの白井が帰りかけるところと見え、廊下でパッタリと出会った。ママが見送りについていた。

「やあ、お嬢さん、こんにちは」

白井に声をかけられて美保は、形式的にちょっと頭を下げただけで行きすぎた。ホントはママよりもあたしのほうが先にドクターと親しくなるべきではなかったのか。登校途中に出会っても口は利いたことはなかったが、顔見知りになったのはママよりもあたしのほうが先なんだ。登下校時に、彼とはしばしばすれ違った。わざわざ立ち止まって挨拶をこそ交わしたことはなかったものの、お互いはお互いをよく見知っていた。美保から見ると、すれ違う時、白井の目ははにかむようにほお笑み、「やあ、またお会いしましたね」と、口にこそは出さなかったものの、目顔でそれを感じたのであった。

だから美保は思うのであった。ドクターは、きっとロリータ趣味ってものがあるんだわ。そしてあたしに興味を持った。他《ほか》にいろんな女子生徒がいるのに、特にこのあたしを選んで興味を持った、美保は自己満足ににんまりとした。そうして、互いに口を利きあうチャンスを待っていたのであった。それが、はからずも巌松寺公園でママと散歩中、パッタリと出会ったのだ。いいチャンスではあった。確かに彼は好男子であったし、第一、あの消毒液の匂いがすてきだった。

それなのに、ママったら、あたしの優先権を横取りして、あんなに彼と親しくなるなんて——ママが憎らしくて仕方なかった。ママはたしかノコちゃんのママと同い年だったな。ちょうど女盛りという年頃で、しかも客観的に見て確かにジーン・アーサーに似たところのある男好きのするご面相ではある。

だが、それはそうにしても、まあ、わるいけどさぁ、どちらかと言えばあたしのほうが美人で十六歳のピチピチギャルなんだから、白井にとってママよりあたしのほうを選ぶのが自然だと思うんだけど。あの男、おじいちゃんに言わせれば色悪で女癖がわるいもんだと相場が決まってるってことになるんだけど、あたしに言わせれば、単にロリータ趣味で、殊にセーラー服大好きの、多少ヘンタイ……？　と思えるだけなんだけど、違うかしらね。

だとすると、ドクターの目ざす本命はあたしのほうで、あたしと近づきになりたいがために、まあ、多少遠回りになるけど、方便としてママと親しくなった、とまあ、そういうふうに考えられるかもしれないじゃん。

だけど、それはあまりに我田引水の自己本位な希望的推測にすぎないことを、美保は一方で自覚していた。

とにかく、ドクターと親密になってるママは大嫌い、その相手をしているドクターも大嫌い！　美保は機嫌が悪かった。

「ママ」

白井を送り出して居間に引き返そうとしてドアに手をかけたママを美保は呼びとめた。

「いまさぁ、ドクターと何話してたん？」

きつい語調だった。

「何でまあ、そんなキツい顔してさ、まあいいから入ってらっしゃい」

ドアを開け、居間に入りかけながらママは言った。

居間の卓袱台《ちゃぶだい》には茶托《ちゃたく》に二つ、有田焼の湯呑みが乗っかったまま、まだ片づけられてはいなかった。今帰ったばかりの客の名残《なご》りだった。

美保は黙ったまま卓袱台の前に坐った。するとママも坐っていった。

「そんなにカリカリしてたんじゃ美保、何も話せなくなるんじゃないの。同じ訊くんでも、普通に穏やかに訊けばいいじゃないの」

「だって、この頃のママ、ママのほうこそ普通じゃないわよ。あのドクターとさ、へんにいちゃついてさ。パパはこのこと、知ってるのかな。おじいちゃんだってとっくに気付いてるくらいだもん」

「まあ、この娘《こ》ったら、とんでもないこと、勘ぐってるのね。バカバカしい――」

「じゃ、今は何話してたん？」

美保はおっかぶせるように重ねて訊いた。ママとあたしは恋敵《こいがたき》、このまま引きさがるわけにはいかなかった。

「美保！　まだ小娘のくせして、ヘンな勘ぐりはよしにして頂戴《ちょうだい》。キビわるいわ、そんなふうに考えるなんて」

「ママはね、あたしをまだ小娘ってバカにしてるけど、もうとっくに月のものなんか始まってて、産もうと思えばいつだって子供くらいつくれる、立派な大人なのよ。ママがドクターとは何でもない茶飲み友達にすぎないんだったらよ、どんな話をしてたかってことくらい、話してくれたっていいじゃん」

美保も、この時とばかり食い下がった。

「あんた、もしかして、白井さんに気があるんじゃないの……」

ママも反撃に転じた。

「バカバカしい。あんなニヤけた男、大嫌いよ」

美保は半分顔を赤くし、本音のところを押し隠すようにして言った。

「じゃ、ママも言うわ」

ママは真顔になって言った。

「今日、彼と話していたことは、狂犬の話よ」

狂犬といえば、この頃このあたりの噂《うわさ》しきりだった。このへんに最近出没してたという話だった。だれか近くの小学生が咬《か》まれて全身麻痺を起こし、救急車で運ばれたものの、間もなく口から泡をふいて死んだと言う。

「狂犬の話くらい、あたしだって知ってるわよ。野犬か何かだってね、飼い主のいない……」

と美保。そして続けた。

「その犬、警防団か近くの大人たちみんなで捜し回って、とうとう見つかってさ、撲殺《ぼくさつ》されたそうじゃない――」

それが白井とどんな関係があるんだとばかり、美保は坐り直して詰問口調で言った。

「関係ないとばかりは言えないでしょ。ドクターは動物診療所の医者だもん」

とママ。

美保は重ねて言った。

「そんなことくらい分ってるわよ。動物診療所だからって、この事件、何か責任でもあるって言うの？」

「そんな言い方しないで頂戴、美保。そりゃ診療所外のことだもん、責任なんてないわよ」

「だったらねぇ、ママ、ドクターは狂犬の話、どんなふうに言ってた？　かわいそうだからとか、何とかさ……」

「その通り、かわいそうにって、言ってたわよ。そりゃ咬まれて死んだ子供は、もちろん大へんな災難にあったわけで、親御さんもたまんない不幸なことね。

　それはそれとしてさ、撲殺された犬だってかわいそうだって、白井さん、言ってたわね。ぼくがもしその場にいたら、安楽死させてやったのにと、悔やしそうだったわよ、やっぱり動物診療所のドクターとしては、そう思うのが自然なんじゃない？　話としては、そんなことくらいよ」

　そのくらいの話で、ドクターは家に二時間も居すわっていたってわけ……？　ノコちゃんの事件のこと、思い出話ひとつ出なかったのかしら。美保はその点、得心がいかなかった。ほかに、ママとの間に何かある。大人はずるい。あたしだってもう子供じゃないからね。十六歳よ。十六といえば、あの『アンネの日記』のアンネ・フランクと同い年なんだから。大人以上の観察眼を持ってるってこと、ママ、分ってんのかよ。美保は心の中で思った。

＊　＊　＊

夕食の時だった。老人はいつものように黙々と箸《はし》を運ぶだけで口を利かなかったが、突然のように嫁の颯子にポツリと呟《つぶや》くように言った。

「颯子さん、ここんとこお前さんのところに、何というかちょくちょく男が遊びにくるようだけど、気ぃつけないかんぞ。息子の前で持ち出す話じゃなかばってん、あの男はよくなか。おじいちゃんには分ると。色悪ってのは、あんな男のことば言うとじゃ」

「何の話ですか、おじいちゃん」

息子の喜八郎が横から口を出した。

すると颯子はヘンに誤解されちゃ困るとばかり、夫やおじいちゃんや、さっき言いあったばかりの美保みんなに向けて抗弁するように白井をかばった。

この話題、ちょっと危ないなと美保は大人のような知恵をはたらかせ、

「お父さんも気にしないでよ。何でもないのよ。この頃おじいちゃんときたら、ひがみっぽくなっててさ。何でもかんでもヘンに勘ぐっちゃうのよ。動物診療所の白井さんって人のことをおじいちゃん言ってると思うんだけど、あの人なら、あたしもよく知ってるし、挨拶ぐらいするんだけど、とても清潔でいい人よ。おじいちゃんの話は大げさなんだから」

と、シラケかかったこの場の雰囲気を取りなすように彼女は言った。

喜八郎は家庭内のイザコザは避けたかったし、波風《なみかぜ》をたたせるのもうとましく大人気なかったりするので、美保の言いぐさをいいシオに、その話題はそれまでというふうに、押し黙った。

おじいちゃんは、いっさいがメンドくさいのか、それ以上の発言はせず、ただ何やら不服そうに、お給仕をしている颯子のほうばかりを睨《にら》みつけるように見つめていた。

＊　＊　＊

老人は自分の部屋のベッドの上に横たわっていた。ひたぶるに孤独だった。堀田善衛に『広場の孤独』という芥川賞受賞作品があったが、家族の中の孤独というものもある。老人は布団を裾《すそ》からめくり、下穿《したば》きを押し下げた。老人は老人でもやはり男性である。あるべきものはちゃんとあるべき場所についていた。

それでも、情けないことに、それはちぢこまりしなびきって、何の役にも立ちそうになかった。二、三年前までは、それでもマスターベーションは可能だった。しなびきって十分に屹立《きつりつ》するまでにはいたらなかったが、確かに反応はあった。そして射精した。乏しい精液が不承不承に出てきて、股間《こかん》を濡《ぬ》らした。

それはもう、何の役にもたたぬ、ねばついた白い粘液にすぎなかった。老人は塵紙《ちりし》でそれを念入りに拭《ふ》きとった。かつてはこれで以《もっ》て亡妻をはらませることが可能なすばらしい粘液だった。ただ一人とはいえ、長男を出産させた立派な働きをしたではないか。一度は流産させてしまった苦い経験もあるけど。欲を言えばあと一人、女の子が欲しかった。けど、それだけはできなかった。そのことが悔やまれた。その代り、美保という孫娘に恵まれたではないか。そのことを感謝すべきであったろうが、あんなハネっ返りじゃね。

とつおいつ思い出をたどりながら、老人はベッドの上でしばし自分の股間を眺めつづけていた。しおれきったままのチンポコがいとしいやら、情けないやら、複雑な思いがあった。

〝老いらくの恋〟などと俗に言うが、確かに老人にも性欲はあった。個人差はもちろんあるであろうが、七十四、五歳までは立派にセックスも可能だったし、マスかきもそれなりに通用した。この老人にとっては亡妻の死の一年前くらいまでは月に一度あたりは妻を抱くことも可能だった。おおかたは妻に拒まれハネつけられはしたものの……

老人にとって、正月元旦とか誕生日ほどいやなものはなかった。それはまた一歳、年を重ねるだけの意味をしか持たぬ日にすぎなかった。まだ六十代から七十二、三歳にかけては、格別に自分の年齢を意識することはなかった。ところが、七十四、五歳ともなると、ある日、ある時、ふいっと自分が何歳にもなっていることに気付かされるのである。その日は突然の如くにやってくるのである。徐々に年を取るという感覚でなく、ちょうど遠浅の沖へ歩いていて、あるいは泳いでいて、突如海底の傾斜がぐっと急角度に傾き、急に深くなって背も届かぬことに気付いてハッと緊張することに似ている。その沖は、茫々《ぼうぼう》と広がる大海である。目当てにする向う岸はもはやどこにもない。普通なら、泳いで引き返すことになるであろうが、老人にとっては若い年齢に引き返す泳法なんてどこにもないのである。どんな立ち泳ぎの名人でも、その年齢のままいつまでも立ちどまってはいられない。いやが応でも、沖へ向って泳がねばならぬことを強制される。

沖には何があるのか、何もありゃしない。茫々たる大海原の広がりだけである。それは虚無の世界である。天国とか極楽とかあの世とかは一種の実体のない蜃気楼《しんきろう》にしかすぎないことを老人は知っている。人によってさまざまではあろうが、確実に分っているのは死することでしかない。どんな死にざまをするのか、いっさいは、海という虚無の世界が分ってくれているだけであろう。

老人は瘦《や》せてはいたが、どこが悪いという格別の病気は持たなかった。まだ杖《つえ》なしで、背筋を伸ばして歩くこともできたし、入浴や排泄《はいせつ》など、誰の介護も受けずに自力で処理できた。しかし、病気はなくとも死は予感できた。と言ってどんな宗教にも帰依《きえ》する気などさらさらなかった。

老人はしばし、しぼんだままのわがチンポに眺めいっていた。男がもはや男でなくなった証拠のように、それは皺《しわ》ばみちぢかんだままだった。

あれはいつのことだったか、もう六十数年も昔のことになる。たしか十三歳の夏のことだった。手淫《しゅいん》というものをおぼえて夢中になっていたひと頃、机に向かって勉強をしているふうをよそおって、その実、ズボンのボタンをはずし、マスかきにうつつをぬかしていた時、襖《ふすま》を開けて突然のように母が入ってきたことがあった。母としては、勉強をしている息子に、おやつにでもとお茶とお菓子を運んできたところであった。

老人は大慌てでチンポをズボンに収め、さも勉強に夢中になっているところだというふうにごまかしはしたが、そして母も何も気付かなかったように振舞って、おやつを載せたお盆を机の片隅《かたすみ》に載せて出ていったが、老人としてはあんなに慌てたことは生涯かつて一度もなかった。

老人は、そんな大昔の少年の時のことをぼんやりと思い出していた。母はあの時、息子が何をしていたか、すべて見抜いたに違いなかった。知って知らぬふりを押し通したのだ。あれほど恥ずかしいことはなかった。

そんな遠い昔のことをふと思い出しながら、老人はムダと知りつつマスかきを始めた。どうせ、いくらかいてもかいても、もう老残のしなび切ったいちもつが立ち上がったりすることは絶無であると承知のうえで……。

不意にその時、老人は幻聴を聞いた。

「おじいちゃんの面倒はあたしが最後までみるからね。安心して長生きしてよ。あたしを間違っても未亡人にしないで」

亡き妻の声だった。結果としてはその逆となり、妻が先に逝《ゆ》き老人が生き残った。何度もその妻の声を聞くのであるが、この時の幻聴はあまりにもハッキリと実際に生きている人の声として聞こえた。老人は涙を流しながらマスターベーションに励んだ。

第五章

老人は、勤め人に定年のある如《ごと》く、女性に生理の終りがある如く、男子にも男子としての終りがあることを肌身《はだみ》で経験していた。七十四、五歳頃までは乏しいながらそれなりの性的反応を感じもしたし、射精も可能だった。といっても、スペルマは噴き出すというより不承不承に滲《にじ》み出てくるといった感じで陰茎の先から滴《したた》りおちるのみであった。怒髪天を衝《つ》く勢いで反りを打たせ、まるで噴水のような勢いでスペルマを射出させた若い頃のあの壮《さか》んな状態《さま》を経験することは、もはや夢のまた夢であった。

それでも、男としてのその残影は辛うじてまだ数年前までは残っていた。以後はもう、どんなにマスターベーションに励んでも、二度とその反応を得ることはできなくなっていた。もちろん、個人差というものは大きかろう。しかしこの老人にとってはそれが限界であった。性における定年というものがもしあるのだとしたら、己《おの》が定年はこのあたりだなと、諦《あきら》めが先立つのであった。

女子にも男子にも定年がある。何にでも定年というものがあることを覚悟せねばならぬ。とすると、人生にもそれぞれの運命においての定年というものがあるはずである。さて、さすれば、自分のその定年とやらは幾歳の何月あたりであろうか。

老人は意外に空想家である。幼少時の回想から始まり、その終末に至るまでの全生涯をいろんな角度から空想裡《り》に点検するのである。しかしどう考えても、過去への追想から離れるわけにはいかない。十代の頃のいくつかの失恋の痛みが完全に払拭《ふっしょく》されたわけでもない。

でも、大きな出来事といえば、何といっても亡妻のカツとの出会いであったろう。カツとは見合い結婚であった。彼女が二十三歳の時であった。その彼女が一昨年、肝臓癌で斃《たお》れた時、カツは七十三歳であった。とすると、半世紀にもわたる五十年もの永い間というものを、二人は夫婦として即《つ》かず離れずの幾山河を越えてきたことになる。

夫婦の縁というものは不思議なものである。恋愛ではなく、たまたま叔母が持ってきた見合い話に、それほどの乗り気をおぼえたわけでもないのに、結果として結婚してしまったまでのことである。これが世間で言う縁というものであろうか。また運命と言うべきものであろうか。老人は、はからずも、この見合いによって千載一遇の好運に恵まれたものと言えよう。妻のカツにとっても思いは同じとみえ、この二人の仲は、誰が見ても琴瑟《きんしつ》相和す一心同体の模範的夫婦と見えたものである。

老人にとって第一の幸運は、彼女が計数に長《た》けた、博多織の織元という商家にとって、もってこいの働き者だったということである。博多も下町の下洲崎《しもすざき》町の生れ育ちということからくる下町気質《かたぎ》というものであろうか、職人たちへの如才なさ、女工さんたちへの気配りなど、近所や同業者の評判も上々で、彼女によって大田家は支えられることになったと言ってよい。老人はたとえて言えば髪結いの亭主、カツがいなければ何もできない、商家には不向きな男であった。だから、この結婚がなければ、彼は親の代からの家業を捨て、どこぞの会社のサラリーマンあたりに就職していたことであろう。

それに、老人にとってはもう一つ大きなお土産がついた。それは妻のカツが、下町小町と言えるほどの人好きのする美人であったからである。

最初老人にとっては、カツはそれほどの女とも思えなかった。二十三歳くらいの娘は、幼な顔を残したまんまの、ションベンくさい普通の下町娘にしか思えなかった。それが三十歳を超え、長男の喜八郎を産んだ頃からはめきめき女っぷりがあがった。と、老人には思えた。ずっと後年、孫娘の美保から言われてはじめて気づいたことだが、そうだ、嫁の颯子ばかりじゃない、亡妻のカツだって盛りの頃はどこかジーン・アーサーを偲《しの》ばせる面持ちをしていた。

従って老人は、誰憚《はばか》ることもなしの女房自慢になった。彼女と連れ立って散歩する時など、通行人の視線が自然とこちらに向いてきたり、なかには行きすぎたあとも、わざわざ振り返ってまでこちらを見送る人の視線を感じたりして、老人は満足だった。

愛犬のタロは、生後一ヵ月、知人から譲り受けた柴犬だった。二十数年も昔のことになる。まだカツも五十代、老人とて六十に手が届くか届かないかの年頃であった。もういい加減の年齢かもしれぬが、今から考えると十分に二人とも若かった。老人は、恋愛感情とはこういうものかと、改めて妻に惚《ほ》れ直すほど、気分は若やいでいた。

二人して犬を連れて散歩に出る。首輪に鎖をつけ、おもに妻がその鎖を握った。あの頃のタロも若く元気で、利口な犬だった。あちらの下草におしっこをし、こっちの電信柱、そして向うの垣根《かきね》のあたりをと、しきりに嗅《か》ぎ回ったあげくに、片足を持ち上げる。

タロは雄犬だった。だから、妻がいくら鎖を引いても、好もしいと思える雌犬の尻を嗅ぎ回っては、その行くほうへついて行こうとする時もあるが、概してタロは主人の顔色をよく読み取り、それ以上、主人を困らせるような勝手な行動はよく慎んだ。

その代りといっては何だが、老人夫妻は自然体が好きで、〝お手〟〝待て〟〝許す〟など、どこの家でもやりたがる飼犬の躾《しつけ》というものにはまるで無関心で、日頃散歩の時以外は、鉄柵《てっさく》に金網を巡らした庭の中の一画を区切り、その中でなら犬は自由に駆け回ることができるようにしつらえ、鎖でつないでおくような無粋なことはしなかった。

その頃から老人は、自分は戸籍簿にあるように大正十年の酉年《とりどし》生れではなく、その翌年の戌年《いぬどし》生れであることを主張するようになっていた。そのうえ、自分の前世は犬であったし、生れ変りがあるとしたらまた犬として生れることになっている、と、神がかりなことを真顔で人に説明するのであった。言いだしたら頑固一徹、これは生涯老人の生れつきとしか言いようがない。

それだけに老人は、人に言えない奇妙な欲望にもかられるのであった。前述の、井上靖の新聞連載小説『あした来る人』の中の、ロンという小犬が、八千代という女にじゃれつこうとして、そこだけ黒い色をしている鼻先を、八千代がからかい気味に靴先《くつさき》でつつこうとしている場面と、その場面を描いた挿絵《さしえ》を見て、思わず昂奮《こうふん》し、性的満足を得た四十数年前の記憶からいまだに離れられずにいるのである。

それればかりではない。それより二年前、ジャン・デュトゥールというフランスの作家の『犬の頭』という小説が河盛好蔵《よしぞう》の翻訳で『新潮』という雑誌に掲載され、それが後には『犬頭の男』として都市出版社から発行されたことがある。

小説の主人公エドモンという男は、何の因果か生れながらにして「垂れた長い耳と、大きく裂けた口と、白と黄のふさふさした毛をもったスパニエル犬の頭」を持っているのである。体の他《ほか》の部分は少しも人間と変りなく、才能も普通並みであるのに、頭だけが犬そのものであっただけに、はなはだ数奇な運命をたどることになる。その内容を詳しく紹介する余裕はないものの、老人にとっては、偶然古本屋で見つけて買ったこの本が、どれほど老人の性欲を喚起させたことか、井上靖の小説とも関連して、これは大いに常軌を逸した特殊な感情の昂《たかぶ》りといえよう。

なぜそうなのか、妻のカツにも理解できぬことであろうだけに、老人はそのことに関する思いだけは一人、胸のうちにしまっておくだけであった。

たとえばタロを連れ、妻と散歩に出かける。タロは妻の足元にじゃれついたり、鎖に引かれるままおとなしく歩いていたりする。

そういう時、老人は空想するのである。自分が鎖につながれたタロといつのまにか一体のものとなり、妻に鎖で曳《ひ》かれながら、甘えるように彼女の足元にじゃれついたりしているのであった。こういう空想からくる昂揚感《こうようかん》は確かに老人のみの特異なものであり、他人はおろか妻にだって言えたことではなかった。

＊　＊　＊

老人は、あれやこれや、曾《かつ》ての若かりし日のことどもを追想しながら、無駄《むだ》とは知りつつもマスターベーションに励んでいた。七十四、五歳の、あれでも射精と言えるのかどうかの乏しいスペルマの浸出を見てからこちらというもの、特に妻を喪ってからというもの、何度この無駄な自瀆《じとく》行為を繰り返したかしれない。性器はもはや定年を了え、老人の懸命な努力にも拘《かか》わらず、ぴくりとも反応を示さず、萎《しな》びきってしおれたままの状態に何の変化もなかった。

けれど、体内を流れる血の熱さは、今も青春時代のあの頃と、そして愛する妻と共に過ごした半世紀もの間の、男としての情熱には何の変化もないことを体で感じていたのである。それだけに老人は哀しかった。無駄は無駄と承知のうえで、涙を流しつつ今回もまたマスターベーションに励んだのである。

ところが、奇蹟《きせき》が起こったのである。最初は例の如く何の変化もなかった。陰茎が過度の摩擦《まさつ》でヒリヒリひりつくのをおぼえるのみであった。

老人の脳裡《のうり》には亡妻のカツの俤《おもかげ》が思い浮かんでいた。耳には例の如く彼女が囁《ささや》くあの幻聴が聞こえていた。

「おじいちゃんの面倒は最後までみるからね。安心して長生きしてよ。あたしを間違っても未亡人にしないで」

この彼女の言葉ほど、今として思えば哀しい言葉があろうか。老人への愛情に満ちあふれた言葉があろうか。皮肉なことに、結果としては妻のほうが先立って、その言葉通り彼女は未亡人となることなく生を了えた。だが「おじいちゃんの面倒は最後までみるからね。安心して長生きしてよ……」という言葉はどうなるのか。確かに老人は言われるままに長生きした。だが、妻から面倒をみてもらうことなど、もう永久にないのである。妻の思いとしては、「……間違ってもあたしを未亡人にしないで」という言葉は、同時に「おじいちゃん一人を残してあたしは死ねない。最後まで見届けないうちはあたしは気がかりで死ぬことなんてできない」という意味をば含んでいたはずである。未亡人にはなりたくないものの、夫を寡男《やもお》として一人残したまま先立つことも絶対厭《いや》である、という相矛盾した気持を訴えたものであろう。

老人はそれやこれやを思い偲《しの》びながら、摩擦する手指に力が入った。すると、その幻想じみた思いの中に、思いもかけず嫁の颯子の面影が重なってきたのである。美保に言われるまでは特に意識したことはなかったのだけれど、あの曾《かつ》てのスター、ジーン・アーサーに似てる似てないの指摘によって、彼女を媒介にしてカツと颯子が相重なるように思えたのであった。その思いが、老人の血をいっそう熱くたぎらせた。息子の喜八郎が嫉《ねた》ましくさえ思えたのである。

奇蹟はその時起きたのである。最初ははるかに遠くかすかなものであった。それは肉体の奥深くに、音もなく静かに発生したあるかなしかの電流のようなものであった。その電流は、まるで森の奥深くに住みなすという可愛い妖精《ようせい》たちが、声をしのんでくすくす笑いをするような、かすかな気配から起きたのである。少しくすぐったいような、それは喜びへの遠い予感であった。

予感はやがて予感ではなくなり、確実な性感へと昇華していった。長い間忘れていたあの感覚であった。老人は目が覚める思いがした。いったんついたこの火が途中で不意に消えることのないよう、こする手指に思わず力が入った。と同時に、あまりに性急に手指に力が入りすぎ、一瞬にして精液が噴き出て、あっという間にあの快感が消え去るのも惜しかった。絶頂感《アクメ》をいかに持続させるかに工夫をこらした。

もう寸前までマグマは上昇してきていた。それをゆるやかな上昇に制御することはもうできなかった。老人は握っていた性器から手を離し、ベッドの枕元のティッシュを束にして準備した。性器はやや固めにいくらかの膨張はしたが、相変わらず勃起はしなかった。それでも、最初妖精たちの忍び笑いのようなクスクスッとした感じで点《とも》された性感の火は、曾ての火のように熱くたぎり立ち、老人の意志ではどうそれをゆるやかに制御しようもなく、十分に勃起しきれないでいる性器から、スペルマはどくっどくっと脈打つように噴出してきたのであった。

勃起はしなかったものの、絶頂感《アクメ》は感じた。そのアクメを出来得る限り永続させたいと老人は願ったが、人為的にはどうすることもなし得ずにその火は数瞬のうちに消え去っていった。あとは、半脱ぎのパンツや布団の敷布に染みのつかぬよう、準備していたティッシュの束で噴き出たスペルマを押え、拭《ぬぐ》い、後続の粘液状のものを丹念に性器から拭《ふ》き取った。

性的定年は七十四、五歳の頃をもって自分は終りだと諦《あきら》めきっていたものが、この年になって、勃起は十分でないにしても十分にエジャキュレーションを果たし、それなりのエクスタシーを感じもした。はかない数瞬の間の射精にすぎなかったとはいうものの、これは老人にとってはまさに奇蹟中の奇蹟と言えるものであった。時間こそあっという間《ま》の間《かん》にすぎなかったというものの、その中には老人の八十年近い全生涯の思い出が、いっぱい凝縮されて追体験されたような余韻《よいん》があとあとまで尾を曳《ひ》いて残されたのであった。そこで老人は、また涙を流したのである。亡妻のカツを思い出したからである。わが若かりし元気旺《さか》んだった頃を思い出したからである。

時間とは、何と無残なることか。どんなに可愛い少女をも老婆《ろうば》に変える、どんなに眉秀《まゆひい》でし美少年をも単に爺《じじ》むさい老爺《ろうや》に変えてしまう、「少年老いやすく学成りがたし」との実感は、どんな人間にも必ず時間というものが否《いや》が応でも教えてくれるのである。

老人の涙の中には、また一種の罪障感のようなものが含まれていた。それは、カツへの追想と重ねて、そこに嫁の颯子の俤《おもかげ》がかぶさるように重ねられていたからである。確かに颯子もいい女だった。ジーン・アーサーに似ているからと、美保が母親自慢するのも無理からぬいい女だった。その颯子の俤と、かつての愛妻カツの俤があの時は二重映しにだぶらせて脳裡《のうり》に思い泛《うか》かべていたのだ。あの思いもよらぬ射精の奇蹟は、そのために起きたのではなかったのか。さすればそれは、確かに亡妻への裏切りと言えば言える性質のものであった。カツへの追慕ばかりではなく、そこに颯子という女の俤が二重映しに重ねられることによって起きた奇蹟と言える。

自分は、ひそかに、嫁の颯子に懸想《けそう》しているのではないのか。老人はそれを否定でき得ずにいる。カツへの罪障感は、そういう面から生じたのである。

それからもう一つ、老人は心の中で、いわばひそかに颯子と姦通《かんつう》することによって射精の奇蹟を得たとしても、これこそほんとうに奇蹟中の奇蹟と言えるもので、これが最後の最後、もう自分の性的機能は生理的に終わりを告げたものであることを肌身で感じ取っていたのである。かと言って、皮肉なことに老人に性欲がなくなってしまうことはない。あと老人の性欲というものは、妄想によってしか果たし得ないのである。これで、決定的に老人は、男としての定年というか、寿命を終えたことになる。それやこれやの輻湊《ふくそう》した理由を抱えながら、老人は涙したのであった。

男子一生の間、平均して凡《およ》そ一斗缶強のスペルマを射出するという。個人差はあるにしても、この生涯のスペルマの生産量と、生産したからにはそれはすべて射精せざるを得ぬ体質によって男子は作られた生き物だということを、老人は何かの本で読んだ記憶がある。その射精は、おおむね子宮に向かって放出されるのが原則であるにしても、それよりもなお多く、自涜行為によって本来の使命である生産とは何の関係もなく無駄《むだ》に消費されているのだともいう。

子供を産ませるための重大な本来の使命に消費されるべきスペルマも、非生産的な自涜行為によって無駄に消費されたスペルマも、計算上はいっしょくたにして、男子一生のスペルマの定量は決まっていて、そのいずれのどのような消費の仕方によっても、その定量を使い果たせば、それで男子としての機能は終焉《しゅうえん》を迎えるのだという。ということからしても、老人はこれで己《おの》が男子たるの本当の終りを認識せざるを得なかった。

＊　＊　＊

午後三時頃であったろうか、老人はいちおうは隣室の美保に声をかけ、突っかけをはいて散歩に出た。足の衰えが気になるので、毎日とはいかずとも、思い立つごとに彼は散歩に出る。たいてい行く先は、わりに家に近い巌松寺公園になることが多い。そのためには、例の、美保たちの通学路たる白い一本道をたどらねばならない。午後のその頃は、ラッシュ時のような危険な状態にはなかったとはいうものの、老人の身にとっては、やはり十分の気配りが必要であった。

そして、当然、三角山の繁《しげ》みの前を通ることになる。老人は美保から、また颯子からもあの宮崎延子の自殺事件のことはよく聞き知っていた。孫の美保とは同じクラスメートというし、大田の家にも美保を訪ねて何度も遊びに来たことがある。老人も何度か彼女を見かけたことがあり、会えば「今日は」と、必ず丁寧に挨拶を忘れたことのない、見るからに利発げな可愛い娘《こ》であった。老人のほうから彼女に言葉をかけたことは一度もなかったとはいうものの、老人としては彼女に十分好意を持っていた。他人《よそ》の娘《こ》ながら、家の孫娘より可愛いとさえ、思っていたほどである。

その延子が、思いもよらず自ら十六歳という花の命を散らしたという。老人は、通夜にも告別式にも顔は出さなかった。息子の喜八郎と嫁の颯子に、もちろん美保もいずれの式にも参列したし、颯子と美保は連れだって三角山の事件の現場にも何度か足を運び、花束を捧げたものだが、老人はそういうこともしなかった。それほどまでするような関係が老人と延子の間には何もなかったからである。

とはいうものの、内心に受けたショックと、他人事《ひとごと》とはいえ形容しようもない深い哀しみを受けたことは争いようのない事実であった。

老人は、通りすがりに道端から三角山の樹立《こだ》ちの中を見た。事件からまだ二十日もたつかたたない、それがつい昨日のことのように印象は生々しかった。

同じ学校の生徒とおぼしい三人連れのセーラー服姿の女学生が、樹立ちの間に見え隠れした。いずれも、そこが現場とおぼしいあたりで、花束を捧げ、線香をでも点《とも》そうとするかのような動作をしているのが、樹林に見え隠れしながらも老人にはハッキリ見てとることができた。

老人は黙って通り過ぎ、足は巌松寺公園のほうに向いたが、何やら胸の中で騒ぎ立つ不吉な予感めいたものを払拭《ふっしょく》することはできなかった。

第六章

その前夜、老人は実に奇妙な夢を見た。夢は忘れるのが速い。だから、細部にわたる記憶はもはや靄《もや》の中に消えて分らなくなってしまってはいるものの、その大凡《おおよそ》はぼんやりとではあるが記憶に残っている。その夢とはどんなものであったか、細部を空想で補いつつ記述してみよう。

老人は腹這《はらば》いのまま、自分の体を改めて眺めてみた。短い栗色《くりいろ》の密毛が尾から背中を掩《おお》っている。短かめの四肢《しし》の内側から腹部を巡り、咽喉部《いんこうぶ》へかけては白い同じ様な短毛が、艶《つや》やかな毛並を見せていた。

深くは驚かなかった。その予感は既にあった。この一匹の雑種の中型犬が自分自身であること——この奇妙な現象をどう受け止めるべきか、まず冷静である必要があった。

そうだ、冷静でなければ——

ワン、ツゥー、スリー……目を閉じ呼吸《いき》を止める。天地に変化なく、自分は自分であった。犬はあくまで、そう、犬であった。

その日、巌松寺公園は珍しく閑散として人けがなかった。池の西側を囲う古い木柵《もくさく》の向うを、小型車あたりならば通れる程度の区道が南北に走り、その向うの高台にはほぼ自然のままの樹林帯があり、その麓《ふもと》に切れ込むように天然記念物の沼沢植物が幾種類も自生することで有名な、池とは別に小さな沼があった。周囲三百メートル、とはいいながら、屈折に富む周辺は湿地状を呈し、どこからが沼でどこからが岸であるのか、境界がハッキリしない所もあり、危険防止と環境保護のため、沼のあたりは立入禁止に指定されていた。

特に長雨の折など、湿地帯は樹林の中にまで広がって、カイツブリが鳰《にお》の浮巣などと称されるような巣をこしらえていたりする。いっそう人けのない所である。そのあたりを巡る切れぎれの小径をはずれて、小さな叢祠《ほこら》が朽《く》ちかけ、夏草茂る頃おいなど、半ば以上、掩《おお》い尽くされてしまう。

昔、太田道灌《どうかん》に攻め落とされたというその地の小城の、沼に入水《じゅすい》して死んだという城主父娘《おやこ》が祀《まつ》られているとの記録があるらしいが、言い伝えの域を出ない。

いつしか犬が走ってきたのはそのあたりであった。幾度か老人は嫁の颯子や孫娘の美保と散歩しながら、この付近の森閑とした静寂に、「案外、ここまでは人が来ないんだね」など改めて感心して、どこか遠い山中にでも迷い込んだような錯覚に、自ら好んでそこへ陥りたがって興に入ったことなどが思い出される。

だが老人は、今は単に老人ではなく、雑種の中型犬となっている。

もしや今自分は、夢を見ているのではないか、と思ってもみた。夢の中で、これは夢なんだ、と気づくことがしばしばあるが、老人は半ばそういう意識下におかれていた。

それならばそれで宜《よろ》しい。犬に変身していることはかねてから自分の希望するところではなかったか。もう少しこの状態で、犬になりきったままどういうことになるのか、この先の展開にむしろ期待を寄せさえするのであった。

坂を上る。足取りが重い。喘《あえ》ぐ。垂れた舌先から涎《よだれ》のように汗がしたたる。曇り空のせいもあり、蒸《む》し暑い。隠れた太陽の底意地悪い悪意が背中にまといつき、風景が灰色にゆがむ。

尾を下げ耳を伏せ、木叢《こむら》を見つけて腹這《はらば》いになる。羽虫《はむし》が埃《ほこり》のように舞い、ブァアーンと群がってくる蚋《ぶよ》などがこうるさい。

異臭が鼻につく。前肢《まえあし》で叢《くさむら》を分け、鼻面を向ける。灰色にゆがむ風景の中に異臭の元凶が見えた。汚泥《おでい》がとぐろを巻いている。犬猫のものでなく、人間のものとおぼしい黄褐色《おうかっしょく》の糞泥《ふんでい》である。誰かがこんなところにまで来て、野糞《のぐそ》をたれたのであろうが、不作法な奴がいるもんだ。蝿《はえ》が、幾十幾百となく群れ、舞い、陽炎《かげろう》のように揺らめき立つ。

この臭いの洪水《こうずい》はどうだろう。それは最大ヴォリュームで鼻腔《びこう》に襲いかかる。

舌から汗をたらし、眼を光らせ、血と泥《どろ》でまみれた顔面をあえがせつつ犬は立ち止まった。

音もなく、いつの間にか二、三メートルの鼻先に、どこから現われたか一匹の大型の茶褐色《ちゃかっしょく》の犬が静かに立っていた。体高六十センチはあろうか、気品と強靭《きょうじん》さを秘め、静かなる刃鋼《はがね》のごとく立っていた。

「おや、お前はタロではないか」

犬は思い出したのだ。亡妻のカツを看取《みと》ったのが一昨年、その更に三年前に安楽死させた愛犬のタロではなかったか。柴犬のタロはどちらかといえば小型の犬だった。そのタロがどう生き返ったのか、堂々たる大型犬に変わっていたのだ。どう変わろうと犬になった老人は、それでもあの頃のタロを忘れずに、一目で目の前に現れた大型犬がタロであることを見てとっていたのだ。

何か、不思議な糸にでも引かれる思いで、老人は半ば夢とは分りつつこの思いもかけぬタロとの再会を喜びながら、相手のままに従った。例えて言えばこんなふうにタロが老人に呼びかけてきたのを感じたのである。

——追われているのでしょう、任しときなさい、かくまってあげるから——

タロが明らさまにそう言ったわけではない。しかし老人には空気の震音がそう伝えてきたのを感じたのである。嬉しいではないか。——かくまってあげよう——これは理非を問わず、追われる身にとっては常に美しい言葉だ。

追われる、何のために。老人はその理由がは分らなかった。分らぬながら、自分は今犬となって人間たちに追っかけられている、という今の状況は分っていた。何か途方もない悪いことを自分はしでかしたのであろう、その悪いこととはどんなことか、老人に記憶はなかった。記憶はないながら、自分は人に見つかっては大へんな目にあう、だから逃げるのだ、隠れねばならぬのだ、という事態だけは十分分っていた。

すばしこくタロは走った。小さな叢祠があった。そのかたえにひときわ大きい老松《ろうしょう》が、老いてもなお旺《さか》んな長身をやや傾《かし》げながらも、枝をいっぱいに広げてその破れ堂《や》に自然の天蓋《てんがい》をしつらえていた。朽葉《くちば》と泥の臭いがする。タロは、その叢祠と松の根方との間で立ち止まり、老人をその場に残しておいて、それらを囲う百メートル直径ほどの円を描くように、数度走った。

儀式を了えたとでもいうような様子で、タロはつと松の根方を探って潜り込んだ。

――どんな優秀な警察犬《シェパード》が来ても、もう大丈夫――

老人は、そのメッセージがどうやって伝わってくるのか、不審に思う暇《いとま》もなく、タロに続いて潜り込んだ。節《ふし》くれだった根の一つの、持ち上げられた脚の下に、奥へ続く洞《ほら》が深く奥行きを広げていた。

坂を下る。足取りが重い。何度か途中で転ぶ。舌先に、冷や汗とも涎《よだれ》ともつかぬ粘っこい滴《しずく》が泌《し》み出してくる。

地下のせいもあり、冷いやりとする。

運命の奇妙さが背中にまといつき、暗がりの風景は黒くゆがんでほとんど見えない。半ば以上、これは夢を見ているんだと自覚しながらも老人は、タロとの再会を喜んでいた。タロの気配にならって老人も腹這いになる。

土の臭いがする。枯葉、枯草、枯木、それらを泥でこねて十分に湿気を含ませ、年月かけて発酵《はっこう》させ、地虫《すくもむし》なぞの排泄物《はいせつぶつ》やその亡骸《なきがら》などを融《と》け合わせての特有の臭気の世界をつくっている。異臭がする。前肢《まえあし》で土をかいてみる。鼻づらの先に、異臭の元凶であるぼろ屑《くず》のごときものを嗅《か》ぎ当てる。ボロメーターで吸収する輻射線《ふくしゃせん》のように、嗅ぎ分ける犬の血温を微妙に上昇させる。汚泥でもなく、おそらくは穴蝙蝠《こうもり》の死骸《むくろ》であろうと、これは人間としての老人の判断が犬のタロに告げるところであった。これは老人における人間と犬との一体感の証明である。

腹這いのまま、先導者であるタロのほうを窺《うかが》い見た。驚くべきことに、彼の体は、ぼんやりとではあるが輪郭を見せ、不思議な発光現象で浮かび上がって見える。茶褐色の毛並みが艶《つや》を見せ、短い尾を立てて腹這っている様子さえも見える。

深い驚きはない。連続しての一連の事件の数々への、どこかに予感があって、ドップラー効果のような自己の運命の継起する振動数を聞き取っていた。まず冷静である必要があった。

そうだ、冷静でなければ――

アイン、ツヴァイ、ドゥライ、フィーア……目を閉じ息を止める。そこに変化なく、タロに導かれての穴の中であった。前に犬のタロ、そして自分も犬であった。

老人は身ぶるいひとつで起き上がった。タロの動き出すのを見たからである。

――かくまってあげよう――

言葉ではなく、何かの震音《エネルギー》がそう伝えてきた。ごく少数はその他大多数から追われる。法律、規則、道徳、風習、掟《おきて》……から追われる。もちろん、常に、追う側に力と多数がある。理非曲直は問わず、追う側に常に力と多数がある。――かくまってあげよう――という言葉は、少数の、追われる側と責任を共にする覚悟のうえでしか成り立たぬ科白《せりふ》である。その言葉にはある輝きがある。身を挺《てい》しての共犯者となる栄光がある。老人はタロに語りかけたくなった。

「ワゥン、ウォン、ヴァーン」

隣室で寝ていた美保が、老人のただならぬ吠え声に目を覚ました。

「おじいちゃん、おじいちゃん、どうしたっていうの、そんな大きな声を出して」

とベッドの布団に手をかけ、揺さぶった。すると、もぞもぞと布団が動き、老人は目を覚ました。

「やっぱり、あれは夢だったんだな」

老人は起き上がるわけでもなく、パッチリと目を開けた。やっぱり老人は、奇妙な夢を見つつも、今自分は夢を見てるんだ、という意識はどこかに持っていた。

「ああ、美保か。おじいちゃん、そんなにひどい声を出していたか！」

「そうよ、ひどい声よ。それも犬の吠えるような。時々、昼間でも四つ這って犬のように吠えたりすることがあるでしょう、あれよりもっとすごい声だったわよ」

夢とはまことにはかないもので、目が覚めた直後でも、今自分はどんな夢を見てたんだ、と、それが楽しかったか怖《こわ》いものだったのかと大づかみな記憶は残っていても、細かな部分はすぐに忘れてしまうものである。老人にとってもその例に洩《も》れるものではなかったが、しかし、今回の夢に限ってだけは日頃の夢とは趣を大いに異にしていた。

もちろん、細部の記憶はハッキリしない。ただ、自分は雑種の中型犬となって、どんな悪いことをしたのかは知らぬが、人間たちに追っかけられていたこと、そして堂々たる大型犬に変わってはいても、あの懐《なつ》かしいタロと巡り会い、「追われているのでしょう、任しときなさい、かくまってあげるから」と言うタロの導きで、彼の秘密の塒《ねぐら》かは知らぬが、そこへ深い叢《くさむら》や木立を分けてついていったことだけは、おぼろげながらも老人の記憶に残っていた。夢にでもあれ、タロに会えたことは嬉しかった。できれば、亡き妻のカツにも出会うことができたら、もっと何層倍も嬉しかったであろうに。

しかし、老人がなんぼ考えても分らぬのが、犬となった自分が、あの時、なぜ、どうして人間どもに追いかけられることになったのか、という理由であった。単なる野犬狩りだとも思えぬあの緊迫感はなぜ起きたのか、そのわけがどうしても分らなかった。そこに老人は不吉な予感めいたものを感じ、タロとの再会を喜びつつも心穏やかならぬ気持に陥るのであった。

「美保、もうおじいちゃんは大丈夫じゃけん、早くお寝《やす》み。まだ朝まで時間があるけん」

「うん、そうする。でもおじいちゃんも、健康だって言うけど、年だからさ、家に閉じこもってばかりいないで、散歩するといいわよ。時々じゃなくって、毎日続けるようにするのよ」

「よし、分った。分かったから、早く寝ろ」

美保にすすめられたからというわけではないが、老人は気分転換のためもあって、午後三時頃、巌松寺公園へ出かけたのは、あの奇妙な夢を見た翌日のことであった。

途中、通り過ぎた三角山の木立ちの中で、あの痛々しい事件があった場所で、三人の女学生らしい少女たちが、花束をおき、線香をでもたいているらしい様子を老人は樹間に見ながら、何とも言えない感慨を抱きつつも、黙ってその場を通り過ぎ、三角山の先を左折し、そのまま巌松寺公園に向かった。

公園は、桜も終わったというのに、人でいっぱいだった。子供連れの家族そろってあちこちの草原や砂地などに茣蓙《ござ》やビニールシートを敷き、午後も三時過ぎというのに賑やかに弁当や菓子や、それに自販機で買ったらしいジュース類でもって、宴会を繰り広げているのであった。もちろん、若者たちの集団もあり、一升瓶《びん》やビールの空《あ》き缶《かん》などの中で、しゃべったり踊ったりしている組もあった。

そうだ、いわゆるあのゴールデンウィークといわれる長期休暇が始まっているんだっけ、そう言えば、うちの美保も学校に行った様子もなかったなと、老人は改めて気付いたのであった。それほどに老人にとっては、今日が何日で何曜日に当たるのかといった曜日感覚は全くなかった。そんなことより、昨晩《ゆうべ》見た変な夢のはしばしを反芻《はんすう》しながら、公園の、常にない賑わいの中をゆっくりと歩いた。

こういう賑わいの中でも相変わらず池の周囲を何周も汗水たらしてジョギングに精を出す若者もいたし、要所要所に腰を据え、キャンバスに向かって絵筆を走らせる、いわゆる日曜画家たちも散見できた。

老人は池の北側の広場に出た。ベンチに腰を下ろし、おもむろに煙草を喫《す》った。そして周囲の光景をぼんやりと眺めていた。このあたり、犬の散歩にも適当なところなので、鎖をひいて犬を散歩させているどこぞの奥様方やお嬢さんたちの姿も珍しくはなかった。

老人の坐ったベンチの右前あたりには砂場があり、幼児たちが小さなシャベルやバケツなど持って遊んでいた。砂場の横にはブランコとジャングル・ジムがある。老人はそのブランコに目をとめていた。五台くらい並んでいるブランコは、興じる子供たちで満杯だった。いい加減飽きてきて別の子と替わったりはするものの、ともかくブランコに空きが出ることがない。

そのブランコの中で老人が興深げに目をとめたのは、ちょうど美保と同年くらいの女の子が、おそらくは弟らしくおぼゆる五、六歳の男の子と一台のブランコに相乗りで向かい合わせに乗っている光景だった。

弟がキャッキャッと喜ぶので、姉は足と腰のバネをいっぱいに使ってブランコを漕《こ》いだ。姉が前進すると腰板に坐った弟は後退し、二人の距離は開いてブランコが地面と水平になるくらい中空に舞うが、姉がその反動で後退すると、今度は弟が前進し、二人の距離は密着するように一体となる。つまり弟の全体が、姉の穿《は》いたショートスカートの下に、すっぽりと入ってしまうのである。あの弟がもう少し年齢もいって体も大きければ、ああいう場合、ショートスカートの下にすっぽりと入ってしまう代りに、その鼻先は姉の陰部あたりにぴたりと密着することになるのではあるまいか。

老人はあらぬことを考えながら、二本目の煙草に火をつけた。例えばと、老人は妄想した。不意に、嫁の颯子と亡き妻の二人の面影を重ね合わせに思い浮かべたのである。そのどちらかと、あのようにブランコに乗ると、どういうことになるであろうか。あの弟のように、スカートの中にすっぽりと入ってしまうようなことはないであろうが、その代り、自分の鼻先はぴったりと彼女らの肝心の部分に密着するんではないか、……等々と妄想は広がるのであった。そしてそれら妄想を打ち消すように頭を左右に振ってみた。

老人の肉体上の性は終りを告げていた。しかし、空想上裡においては、逆に老人の性は高まるのである。精神上の射精は何度も老人は経験した。しかし、それに肉体が伴わぬことに彼は深い悔しさをおぼえるのであった。そして、群衆の中においての救いがたい孤独感を。

老人はベンチから立ち上がって歩き始めた。こうして、誰の介護も受けず、一人で歩き、一人で身の回りの事など始末できる自分の今の健康状態には深い満足をおぼゆるのであったが、これとていつまで続くことやら、その覚悟はしておかねばならぬと思いもしていた。

歩きながらも老人は、昨晩《ゆうべ》見た幻妖《げんよう》な夢のことを、あれこれ思い巡らしていた。もちろん夢などというものは、すぐに忘れてしまうのが普通ではあるのだが、自分が犬になって、何の理由があってのことなのか、人間たちに追っかけられていた時の怯《おび》えや、あの懐かしい愛犬のタロと再会できた喜びなどは、いまだにハッキリ記憶に残っていたが、あの夢はまさか正夢とまでは思えぬとしても、何らかの意味があるような気がしてならぬのであった。

老人は、そんなことなど考えながら、ゆっくりした足取りで人とぶつからないように気を遣いながら歩いていった。

いつの間にか老人は、池の南端にまで来ていた。向う側にはボート乗場の小さな丸木造りの小舎《こや》があり、こちら側にはしゃれた作りの東屋があった。ひと休みしていこうかと、何気なく東屋の中を覗くと、丸い腰板に沿って十数人は坐れそうなベンチが、これも半円を描くようにしつらえてあった。

そこに老人は見たのである。何と、あの白井とかいう動物診療所の医師と、うちの嫁の颯子が仲良く並んで坐って、何やら楽しげにしゃべりあっているところを見たのである。老人はハッとした。見てはならぬものを見てしまった思いがした。

あの男、やはり颯子に気があるらしい。家に遊びにくるばかりでなく、こうして散歩にまで連れだすとは。白井も白井なら、おとなしくついていく颯子も颯子だ。本当なら、自分が颯子を連れだしたいくらいの気持だった。でも老人は、じっと自省していた。嫁と舅《しゅうと》のあいだがらだという二人の関係を思うと、老人も自粛せざるを得ない。たとえ痩せ我慢だとしても。自分がこうして我慢しているというのに、白井という男は何だ！事もあろうに人妻に懸想しやがって。

喜八郎も喜八郎だ。颯子をかまってもやらないで、ゴルフ三昧《ざんまい》とは！　今日も今日とてバッグをかついで出ていった。大事な付合いとか理屈をつけて、しかもそれが二泊三日の予定だとか言って。

老人は白井と颯子の二人を無視して、その場を行き過ぎようとして思い直した。何か一言でも言っておかないと、腹の虫が収まらぬ気がしたからである。そこで行き過ぎようとした足を留め、東屋の中へずかずかと入っていった。

第七章

老人が颯子といっしょに散歩から戻ってきたのは、午後も六時近くの頃であった。一人で留守していた美保は、春宵一刻直千金《しゅんしょういっこくあたいせんきん》とはいえ、宵闇《よいやみ》が濃く立ちこめ始めるにつれ、そぞろ心配になっていた。

散歩の行き先は、二人ともおおかた巌松寺公園であろうことは見当はついていた。公園は、ぶらり散歩するにはいい公園であった。遠くから、わざわざ車を走らせてまで家族連れで行楽にやってくるほど公園は名所の一つとなっていた。また桜の名所としてもよく知られていた。

だが、夜になると一転して不気味な雰囲気が漂い始める。痴漢《ちかん》とかストーカーとか、または野放しの野犬の中には狂犬病におかされ、人に危害を加える危ない犬も出没するという。狂犬といえば、以前、このあたりで子供が噛まれて死んだ実例もある。

だから、まだ元気だとはいえ、老人のことが気懸《きがか》りになり始めていた。それに第一、ママだってどうしたのかしら、夕食の支度もしないままで。

と美保が案じ始めた六時近くに老人は、珍しくママといっしょに帰宅してきたのであった。だが、何があったのか知らないが、二人とも申し合わせでもしたかのように不機嫌であった。

「おじいちゃんとは、偶然、公園で会ったのよ」

とだけ颯子は美保に言い、普段着の上に大急ぎで割烹着《かっぽうぎ》をつけ、台所に立った。

「美保も美保よ。そんなとこに突っ立ってないでママを手伝いなさい」

突っけんどんな言い方だった。

人をさんざん心配させといて、自分が勝手に遅く帰ってきたくせに、そんな言い方ってないんじゃないの、と、美保もむくれ返っていた。老人は老人で、無言のまま、さっさと二階の自分の部屋へと階段を上っていった。

どうも二人とも様子がおかしい。公園かどこかで二人は偶然出会い、喧嘩《けんか》か何かしでかしたのかしら、と美保は思った。それにしたって、家に帰ってまであたしに八ツ当りしなくってもいいんじゃない？　パパはパパで、ゴールデン・ウィークの連休をいいことに、ゴルフ旅行だなんてどこかへ遠出したまま帰ってきやしない。我が大田家ってみんなテンデンバラバラ、延子のように自分も自殺したくなるような憂鬱《ゆううつ》な気分に美保は落ち込むのであった。

この日の夕食は七時過ぎになった。いつもなら六時頃、夕食はよそより早めに済ますのが慣例であったが、この日に限ってはそうはならなかった。見たいテレビも見られなくなる、美保も、二人にもまして不機嫌になった。

食卓は三人で囲んだ。老人と颯子とそして美保と。焼魚にぜんまいの煮付けに菠薐草《ほうれんそう》のお浸《ひた》し、豆腐とじゃが芋の味噌汁、変りばえのしない食膳だった。三人が三人とも黙って黙々と食べた。美保は食欲がわかず、しぶしぶ箸を運ぶ。

「どうしてみんな、そんなに機嫌が悪いの？」

たまりかねたように美保が口火を切った。

「どうしたってのよ。ママも、おじいちゃんも今日はヘンよ。何があったって言うのよ」

老人は顔をあげて颯子のほうを見た。颯子はそういう具合いに見つめられることに焦《いら》立《だ》ちをおぼえたのか、

「おじいちゃん、誤解しないでよ。白井さんと会ったのは偶然のことなのよ。あたしたちとおじいちゃんが偶然に出会ったように……」

颯子は甲高い声をあげた。そして美保のほうに目を向け、

「美保ちゃんも聞いててよね。今日は日和《ひより》もいいし、ゴールデン・ウィークの始まりってこともあるでしょ。ほんとは、パパと水入らずの旅行にだって出かけたいところなのよ。ところがパパはあんな具合いで、あたしなんかかまってもくれない。主婦の仕事ってのは明けても暮れても炊事に洗濯に掃除、こうあったかくなってくると、着る物だって布団だって季節に合わせて整理しなくちゃならないし、庭の草むしりだってマメにやらなくちゃ、草ぼうぼうになるでしょ。あれやこれやで、休む間《ま》もないのよ。主婦には休日ってものがないの。たまにはみんなサボって、息抜きができたらどんなによいか。それなのにパパはそんなあたしの気持なんかこれっぽっちも考えてくれようとしないで

しょ。

今日はね、天気は良し、祝日でもあるし、それなのにあたしは何ひとつ気晴らしができない。その気持を少しでもごまかそうと公園に散歩に出たのよ。あそこで、屋台のおでんかタコ焼でもほおばって気を紛《まぎ》らわそうとね。

美保、ほんとはお前を誘っていこうかとも考えたんだけど、やはりママだって人間よ。一人になりたい時だってあるわよ。それは分ってもらえるわね」

「そんなことくらい、分ってるわよ、ママ。あたしだっていつもどれくらい気を遣《つか》ってるか、ママのお手伝いだってやれる限り努めてるつもりよ。スーパーへの買物だって、ママ、大へんだろうなって、進んであたしが行くようにしてるんじゃないの。

いちばん悪いのはパパよ。そりゃママの言うとおり、あたしだってパパには文句の一つも言ってやりたい気持よ。

だってそんなことより、今日のことを訊いてるの、あたしは。一人で留守番させられることくらいは、もう子供じゃないし、あたしもせいせいするくらいで、勉強もそのほうが捗るわ。でも、何で二人とも、今日に限ってそんなに不機嫌なの？　あたしに八ツ当たりまでしてさ……」

と言うなり、美保は今度は老人のほうに向き直り、

「おじいちゃんもおじいちゃんよ。気晴らしに散歩に出たんでしょ。それが、何でそんなにふくれっつらしてなくちゃならないの？　今日、公園で何かあったんでしょ？　二人が偶然出会ってさ、ほんとなら仲良く機嫌よく帰ってくるのが普通なのに。ねえ、おじいちゃん、何があったの？　白井さんと会ったってママが言ったわね。そのことで二人、喧嘩でもしたの？」

老人は美保の顔を見返しながら、やおら重い口を開き始めた。

「美保には言うまいと思っていたが、やはり事はハッキリしとかなくちゃな……」

と前置きしながら、ポツリポツリと今日の出来事を話し始めた。

＊　＊　＊

東屋の中に颯子と並んで仲良くしゃべりあっていた白井を見つけた老人は、急にカッ

と頭に血が上った。そしていったんは黙って通り過ぎようとしたのだが、それでは腹の虫が収まらずに、通り過ぎかけた足を引き返し、つかつかと東屋の中へ入っていった。

白井も颯子も、ちょっとびっくりした顔で老人の顔を見上げたが、二人ともバツの悪そうな表情に愛想笑いを浮かべ、軽く頭を下げた。

「いやぁ、大田さんとこのおじいちゃん、これは全く思いがけぬ偶然ですね。さっき、颯子さんと偶然人混みの中で出会ったばかりですのに、今度はおじいちゃんにも出会うとは思いもよらぬことでした。普通の日でしたら、人もまばらで、すぐに分るんでしょうが、今日のような混み具合では、そうそう分るもんじゃないところでしたよ」

白井は能弁に老人に語りかけた。老人はそういう白井を無視して颯子に問いかけた。

「この人の、今言ったことはほんとかね。二人で時間の打ち合わせでもして来たのか、それとも偶然の出会いなのか、どっちだね？」

「今、白井先生のおっしゃった通りよ。偶然なのよ。それなのにおじいちゃんたら、こっそり二人で逢引《あいびき》でもしてるんじゃないかと勘ぐってるのね。いやらしい連想だわ。特にパパがいない時ですもの、あたしだってしていいこと、してはならぬことくらいの分別は持ってるわよ。第一、そんな連想は白井先生に失礼だし、迷惑だわよ」

老人は白井や颯子の言い分を信じる気にはなれなかった。ありていに言って、これには多分に老人特有の嫉妬心が働いていたのだが、一徹な老人のこと、己が心の正直な動きを、自ら認める気には少しもなれなかった。

颯子の中に亡き妻のカツの面影を重ね合せに見てもいたし、カツを想うとついつい嫁の颯子を連想する。このところ、こうした心の秘密が日ごとに高まっていくのを老人はどうしようもなく、無理にでも抑えこもうと努力していたのである。それなのに、白井という妙な奴が割り込んできて、見るところ、多分に颯子に懸想しているらしいことが、老人には十分すぎるほどに判じ取れるのであった。

としても、今日の二人の出会いが、二人、示し合せての一種の逢引なのか、それとも二人が口裏合わせて言うように、偶然出会ったのか、どちらなのかの判定には証拠がない。そこで老人にはこれ以上の深追いはできなかった。

話題を変えるように、老人はポッリと颯子に尋ねた。

「今日は何日だっけ。年をとると、日にちも曜日もごっちゃになって分らなくなることがしょっちゅうでね。ゴールデン・ウィークの連休の日だってことは分かってるけど、今日が何月何日で何の日だってことが分らなくてね。何日だね、今日は、颯子」

「今日は四月二十九日ですよ、おじいちゃん」

すると、横合いから白井が付け足した。

「みどりの日の祝日じゃないですか。日和もよし、それでこんなに人が出てるんですよ」

お前さんに訊いたんじゃないぞとばかり、老人は白井を無視して颯子に言った。

「そうか。今日は四月二十九日か。それならわしらにとっちゃ天長節と言うとった。はっきり言って、これは昭和天皇の誕生日ってことよ。それを主権在民の世になって、故人になられた天皇の誕生日までをわざわざ祝日にしてまでお祝いするのは、主権在民の趣旨に合わないということになってよ、それでもなお形を変えてでも亡き天皇の誕生日を忘れずにお祝いしたいものだという連中がいての、四月二十九日の昭和天皇誕生日を

〝みどりの日〟とか何とか名を変えて改めて祝日にしたのよ。十一月三日だってそうだろ。わしらにとっちゃ、あれは明治節って言ってよ、明治天皇の誕生日よ。それを〝文化の日〟とか何とか言って、ほんとは天皇の誕生日を祝おうってことさ。みんなもこのくらいのことはとっくに知っとると思うがな。一事が万事、二月十一日の〝建国の日〟だって十二月二十三日の今の天皇の誕生日だって一月一日の正月元旦だって四方拝と言っての、天皇家にとっては大事な大事な行事が行なわれる記念の日での、どの日もどの日もみんな天皇に由縁《ゆかり》あればこその祝日でよ、では何故大正天皇の誕生日は無視されたのか、つまらんことかもしれんが、わしらのように年を取ると、こんな事がらからして気になってくるとたい」

老人は時折、博多弁を交えてしゃべる。特に〝セ〟の発音ができずに必ず〝シェ〟と発音する癖はいつまでたっても直らぬものである。

老人は続けて言った。

「こんなこと、わざわざ言いださんでも、とっくにみんな承知のうえのことくらい分っとる。つまらんことを言いだして、済まんかった」

そして、今度は鉾先《ほこさき》を白井のほうに向けて言った。

「あんたも常識ぐらい弁《わきま》えとるやろ。念を押しとくがの、この嫁の颯子には、喜八郎という立派な夫がいるとばい。はっきり言って颯子は人妻で美保という娘の母でもある。人と人との付合いも大事じゃけんど、あんたの場合はちょっと度が過ぎとる」

すると横合いから聞き捨てならないとばかり、颯子が白井を弁護するように言い立てた。

「おじいちゃん、そりゃちょっと言い過ぎですよ。白井先生に失礼じゃありませんか。あたしたち、先生にはいいお友達になって頂いて、大へんお世話になってもらっているのはあたしのほうよ。感謝してるくらいよ。

おじいちゃんは何を勘ぐってらっしゃるのかしれないけど、そんな勘ぐりは不潔だわ。白井先生のご人格はなかなか高潔でいらっしゃって、あたしなんかいろいろと為になるいいお話を聞かせて頂いて、すっごく勉強になることばかりよ」

老人は、皮肉っぽい笑みを浮かべながら、颯子に言った。

「颯子、お前さんはまだ甘い。人間ちゅうのはな、いいこと言ったり書いたりする人が善人だとは限らんし、その反対に、悪口雑言を吐きちらす人が悪人とは限らんのでな。そこのところをよく見極めなくちゃ、うっかりだまされてしまう。人は外見や、その意見や知識などから、本当のその人の人がらというものを推測することは、むつかしいもんでな。

颯子、お前さんはまだ若い。第一、人妻としてだな、いくら白井さんが立派な人だからって、自分の立場ってものを考えなくちゃ」

颯子は不服そうにうらめしげな視線を老人に向けた。

「おじいちゃんがどう言おうと、先生は立派な人よ。機会《おり》があったら、夫にも正式に紹介してあげたいと思ってるくらいよ。

見てごらんなさい。あの宮崎延子さんの事件の時だって、直接ご自分に関係ないのに、彼女を救おうとして一生懸命、汗まみれになってご努力なさってたことぐらい、ご存じじゃなかったのかしら。あの時の先生の、我が事のように必死になってらしたお姿を、おじいちゃんにも見せてやりたいくらいよ」

「そんなふうに言われちゃ、ぼくとしては困っちゃうな、奥さん。痩せても枯れてもぼくだって医者の端《はし》くれです。当然のことをしたまでで、特にそんなふうに褒《ほ》め上げられるほどのことではありません」

白井はテレたような苦い笑いをもらして池のほうに目をやった。

老人は延子のことを言い出されると、とたんに貝が蓋《ふた》をするように急に押し黙った。それは、自分が通夜にも告別式にも顔を出さず線香の一本もあげようとしなかったからではない。本当は延子は何度も美保を訪ねて大田家へ遊びに来もしたし、老人とは玄関や廊下で顔を合わせたことも数度はあった。

――あれは爽《さわ》やかないい娘《こ》だったな――

老人は、身内の美保より、他人である延子のほうがむしろかわゆく思えるほどの好感を彼女に抱いていた。本当は、せめて告別式くらいには顔出しして、花の一本も仏前に手向けてきてもよかったのだ。それを、あえて老人はしなかった。それにはそれなりの理由が老人にはあった。

一昨年、老人は愛妻を喪った。あれも残暑厳しい八月のことだった。日頃はあれほど元気で健康だと思われていたカツのこと、癌の進行があれほど速く、あれほど急速に死を迎えるなど、思いもよらぬことだった。それだけに老人の頭の中は真っ白になり、茫然《ぼうぜん》自失のテイだった。

本当の悲しみは、初七日を過ぎたあたりにやってきた。それまでは涙一滴見せなかった老人は、故人の遺影をかざった位牌《いはい》の前で、突如として襲ってきた急激な悲しみに、いちどきに噴き上げてきたようにその場に泣きくずれ、号泣したのであった。

「あたしを間違っても未亡人にはしないで」

何度も耳にした妻の科白《せりふ》が、ガーンと鼓膜の奥で谺《こだま》するように老人には感じられた。そう、その妻の願い通り、彼女を未亡人にはしなかったものの、皮肉なことにそれが逆の悲劇をもたらしたのであった。

老人は、妻を喪ってこれからの余生を一人で生きていく自信がなかった。半世紀もの間、泣くも笑うも共に過ごした夫婦の情愛というものは、どう表現しようもないほど深いものとなっていた。東京には喜八郎という息子が健在で、美保という年頃の孫娘までいるにはいたが、子供というものの可愛さは、幼ない頃のことで、長じて家庭を持ってしまう頃合いには他人も同様のこととなってしまう。当てには出来ぬのである。愛妻を喪った大きな穴を埋めることなど、到底出来得ぬことである。

そこで老人は、発作的に自殺を図ったのであった。ぬるま湯に体を浸し、手近にあった剃刀《かみそり》で左手首の血管を切って身を湯槽《ゆぶね》の中に横たえたのである。こうしてじっとしているだけで、苦痛なしにやがては失血死するであろう。老人は目をつむった。そして亡きカツの面影を思い浮かべながら、「カツ、待っててくれよ。おれもすぐにお前のところに行くからな」と口の中で呟きつづけていた。

その頃までは、老人の意志はともかくとして、表には喪中につき、しばらくは臨時休業しますとの貼紙《はりがみ》をしてはいたものの、正式に廃業したわけではなかったので、見舞客やその他、人気の高かったカツの死を悼《いた》んで、職人たちも常にかわらぬくらいに店に出入りしていた。

その職人の一人が、偶然湯殿をのぞき、老人の異常な状態を発見して大声を出し、人を呼んだのである。

老人の手首の傷は浅かったし、発見されたのも早かったので、老人の試みは未遂に終わった。

救われて初めて老人は死ぬことの怖さを思い知らされた。あの時は、まさに発作的にやったことだった。だが、いちおう病院で手当てを受け、冷静な気分に立ち戻ってみると、自分の行為がいかに狂気じみたことだったかの反省が身にしみたのだった。

カツには済まない、おれは後追いもできぬ弱い人間だ、許してほしい、——老人は心から亡妻の遺影の前で頭を下げ、懺悔《ざんげ》した。

それからというもの、老人は自殺しようなどとは二度と思わなくなった代りに、理由が何であれ、新聞記事などで誰々さんが自殺した、といった記事を見ると、他人事《ひとごと》とは思えずに、彼らの行為にある種の畏敬《いけい》の念をおぼえるようになったのである。自殺とは怖いことだ、ということを未遂者であるが故によく自覚させられたがためであるのかもしれない。

ぬるま湯が、だんだん血の色で赤く染まっていく、苦痛は少しもない、しかしそれだけになお、徐々に赤く染められていく風呂の湯を見ているうちに、心底、怖い思いが胸をつきあげてきたのであった。自殺するには、決断と勇気がいる。自殺を思うことと、実際にそれを決行してしまうこととの間には、格段の差があるのだ。

それだけに、あらかじめ決意していた自殺を、誰にも知らさず、しかもこれといった理由もなく決行した宮崎延子のことを言い出されると、もう老人は、何事も物が言えなくなるのであった。理由あればこそ自殺しようとして果たせなかった自分のことを思うと、理由がなくったってこうと決めたことを果敢に果たした花の十六歳、その少女の内面を思うと、ただただ頭が下がるだけで涙がにじみ出てくるのであった。

第八章

あれから、ピタリと白井は家に来なくなった。公園での別れぎわ、老人は白井に釘《くぎ》をさすようにきつく言い放った言葉が、やはり身にこたえたのであろう。

「これから、もう二度と家《うち》の敷居をまたぐようなことはしないでくれ」

老人は白井に念押しするようにそう言ったのだった。

それにしても、老人には妙に喉元《のどもと》にひっかかるものがあった。それは宮崎延子の遺書のことだった。「友よ、私が死んだからとて」という学友らへの別れの言葉は残してあったが、几帳面な彼女のこと、愛する父母、弟妹たちへの遺書を残さぬはずがない。その内容は、家人の意志で発表されてはいない。それだけに、少しでも延子と縁のあったみんなにとっては、その遺書の内容を知りたいものだと、強く望まれてはいるものの、家人の意志を尊重して、無理強いはできぬのであった。あの中には、何かしら自殺の原因となるような秘密が書かれてあるかもしれぬではないか。理由なき自殺ということが、どうにもみんなにはいまだに理解できぬ事がらだったからである。しかし、老人には判《わか》る気がしていた。感じやすい思春期の乙女《おとめ》にとっては、人によってはそれぞれ違うとはいうものの、延子のように聡明で多感な乙女にとっては、〝死〟というものほどロマンチックなものはなかったのではないだろうか。

しかし、老人の喉元になお何かしら引っかかるものがあった。というのは、それは公園で白井と会った時、彼は延子のことについては、「あの若い身そらで。悲しいことです」というだけで、その話題には触れたくないような印象に思えたことである。老人は老人とて、触れたくないことであったので、その件についての発言は何もしなかったとはいうものの、白井の反応については何となく不自然なものを感じたのである。

＊　＊　＊

その晩は珍しく喜八郎も家にいて、大田家全員、とはいっても、わずか四人にすぎなかったものの、打ちそろっての夕食の膳とはなった。そのためもあってか、珍しく老人の機嫌もよかった。

「喜八郎」

老人は呼びかけた。

「犬を飼いたいというみんなの希望を、わしゃどうしても承知できんのは、わしがケチンボだからじゃないことぐらい、承知していてくれとると思うが、どうだ」

いいえ、承知なんかしてないわ、と特に美保は不服そうに老人の顔を睨《ね》めつけていた。

「おじいちゃんなんか大嫌い」

と彼女が言い放つのは、この件があればこそ、なおさらのことであった。

「ところで、みんなこうして集まっているから言うのじゃが、わしからみんなに提案がある」

と老人は言いだした。

「みんなも知っとると思うが、わしゃ博多の店を店仕舞してきたと、きれいさっぱりとな。そうして収支決算するとかなりな資産が手元に残ることになった。ちゅうのも、みんなが想像する通りで、その遺産相続がどうなるか、みんな気になるところじゃないかと思うとる。そこでわしゃ考えた。こいつは、ほんと言えばわしの資産というより、女房のカツが稼《かせ》ぎ出したものでな。

で、わしゃ考えた、いろいろとな。その結果決めたことじゃけんど、この際、いっそみんな全額、お前さんらに分配しちまおうってことをな。生前贈与ってやつたい。遺産相続ちゅうもんは、税金が多くかかる。その点、死後の相続より生前贈与のほうが税金から言ってどっちが得なのか、わしゃ知らん。

でな、喜八郎、お前はそこんところをようく調べてみてくれんか。そしてな、生前贈与のほうが損をするかもしれんばってが、そりゃそれでよか。きれいさっぱりとしたいんだ。カツへの供養のためにもな。

その分け前の比率をどうするかは、わしゃ知らん。お前さん方三人でようく話し合って決めてくれ。

なに？　わし本人はどうするかって？　わしゃ一銭も要らんよ。颯子からそのつど、要るだけの小遣いをもらえればそれでよか。

どうだ、みんな。わしをみんなしてケチンボと思うとったろうが、わしゃケチじゃなかぞ、この遺産をみんなに一銭残らず分けっちまおうって決心したことからも、そりゃ分るじゃろうが」

「あんまり突然のことなんで、びっくりしましたよ。お父さんもまだまだこれからの人生ってものがあるでしょ。そんなこと、今してしまえば、先々、お父さんだって困ることがいろいろと出てくるんじゃないでしょうか？」

喜八郎が困惑したように口を出した。

「そんな先のことなんか、わしゃ考えとらん。その時はその時の出たとこ勝負たい」

老人はそう言って少しの間目をつぶっていたが、すぐにその先をつづけた。

「わしゃ、これからの老後のことなんか、少しも考えとらん。今まではおかげで健康でいられたが、これから先の一寸先は闇だと考えとる。

ばってが、わしゃ、誰の介護も受ける気もないし、車椅子で点滴受けてまで生きたいとも思っとらん。当てつけがましい言い方かもしれんが、わしには、カツやタロの呼ぶ声がしょっちゅう聞こえてきてな。早く逝《い》ってしまいたい、彼女らのところへ逝きたいと、思うばっかりでな。そう思うだけで気が休まるとたい。だから、財産のことなんかきれいさっぱりと片付けておきたいとたい」

と言いつつ老人は、博多時代の妻を追っての自殺未遂の件などは一言も洩《も》らそうとはしなかった。左手首のその時の傷跡は、ほとんど消えかかっていて、あえて見せない限り、それがそうだとは誰にも判別できぬくらいに薄れていた。

「まさかおじいちゃん……」

と美保が口を出した。

「あのノコちゃんのようなことをしでかそうと思ってるんじゃないでしょうね」

「そんなことはなか。おじいちゃんは弱虫だし、あの娘《こ》のような決断も勇気もない」

老人は強く否定して言った。

「これはおじいちゃんの予感みたいなもんでな。自殺なんかしなくっても、何か不思議な事件が起こりそうな気がするとたい。つまりお迎えが向うのほうからやってくるといったような……」

老人は、先日見た夢のことを、漠然《ばくぜん》とながら思い起こしていた。自分の頭がどうかしてるんじゃないかと反芻《はんすう》しながらも。

「おじいちゃん、少しボケてきたのかしら」

これは颯子の感想であった。

「あたし、思うんだけど……」

と美保が口を出した。

「話は変るけど、みんなあのノコちゃんが残していたかもしれない遺書のことを知りたがっているのは、そこにあの事件の原因らしいものが書いてあるに違いない、と思ってるからでしょ。原因のない自殺なんかあるもんか、必ず何かの理由があったに違いない、と思い込んでるからでしょ。

その点、あたし反対だな。〝理由なき殺人〟ってのがあるように、〝理由なき自殺〟もあり得るんじゃないかと。自殺だって殺人は殺人でしょ。他人を殺さないで自分を殺す、性質は違うけど、殺す相手が違うだけで殺人には違いないと思うの。

だからって、ノコちゃんのこと、殺人者だって言い出すつもりは毛頭ないの。あたしの言いたいのは別のことよ。

ノコちゃん家《ち》はあたしも何回か遊びや勉強しに行ったことがあるけど、ちょっと気になることがあったの」

「気になるって、それ、何なの？　言ってごらん」

颯子が美保のほうに顔を向けて言った。

「うん、言うわよ。ノコちゃんってマセてたでしょ。よく言えば早熟ってところかな。だから、大人の読むような小説や何かをズラリ本棚にそろえて持ってたの。それはそれで彼女らしくっていいんだけど、棚の下の隅のほうにね、自殺と関係のある本が何冊もそろえてあったのよ。

たとえば『安楽死のすすめ』『自殺のすすめ』端的に『自殺』というのもあったし『自殺論』というのも……翻訳本で『自殺の研究』にショウペンハウエルというむつか

しい哲学者の『自殺について』とか、または『生きるための死に方』なんてね。もっともっとあったけどいちいち思い出せないわ。

でも、印象にのこってるのは長沢延子っていう人の『友よ、私が死んだからとて』と高野悦子という人の『二十歳の原点』にアンネ・フランクの『アンネの日記』だったかな。そう、長沢延子の『友よ、私が死んだからとて』というのは、ノコちゃんがあたしたちクラスメートに残した遺筆の書出しの部分に使われていたわね。実際、どちらも同じ延子で、どちらも通称ノコちゃんで通っていた点、偶然というよりもまるでおんなじでしょ。それに、長沢延子さんは十七歳、こちらの宮崎延子さんは十六歳で自殺したでしょ。『二十歳の原点』の高野悦子さんて人だけが少し年上だけど、成人になるやならずの花の二十歳でしょ。あまり変りはないと思うの。それと、これは直接のつながりはないでしょうが『アンネの日記』もちゃんと読んでたようよ。アンネ・フランクも十六歳の短い命、ノコちゃんも同じ十六歳、親近感がいっそう深くあったんじゃないかしら。

だからあたし思うの。ノコちゃんの死は何か原因があってとか、ただの感傷からの偶発的なものだとかじゃなくって、ずいぶん前から彼女自身で決めていたことを実行したんだと、あたしは思ってるの」

「理由があろうとなかろうと、とにかく自殺はいかん」

と、喜八郎が美保をたしなめるように言いだした。

「ご両親の嘆きがどんなものか、察するだけで胸がつまるな。弟さんや妹さんにしたって、どれだけのショックだったか、これも計りしれぬものがある。そして傍迷惑《はためいわく》はかけるわで、いいことはひとつもない。どんなに頭のいい娘《こ》だったか知らんが、つまらんことをやらかしたもんだ。人間はな、美保、とにかく生き抜くことがいちばん大事なことで、その点でいや、宮崎さんちゅう人は、劣等生にも劣るとパパは思うな。お前、まさか宮崎さんと同じようなこと、考えてるんじゃあるまいな?」

美保はキッとして言った。

「あたしなんか、そんなこと考えもしないわ。でも、パパのいうのはただの一般論で、ノコちゃんのことをそんなふうに訳知《わけし》り顔でいわれると、むかつくわよ。あたしはノコちゃんのこと、偉いと尊敬してるのよ。とにかくやってのけたんだもの、あたしなんか、とてもとてもそんな真似しろったってできやしない。パパもママも安心していていいわよ」

颯子は終始黙って食卓の給仕に専念していた。老人がいつ白井のことを言いだすかどうかに気をもんでいたのである。

老人は、白井という名前こそ出さなかったが、やはり言わずにおれないといった調子で喜八郎に言った。

「お前も、他人《ひと》のことをとやかく言うより、少しは家族のことも考えなくちゃ。付合いも大事かは知らぬが、家庭サービスにも努めろよ。お前は安心しきってるようだが、颯子だってちょうど今が花盛り、熟女の代表だっていいくらいのいい嫁さんだよ。お前が油断して亭主面《づら》してたってな、どこでどんな過ちが起きるか、知らんぞ。少しは彼女のこと、かまってやらなくちゃ……」

喜八郎は半ばうるさげに「うん、うん」と頷くなり、あえて反論はしなかった。颯子もハラハラしながらも、直接白井の名が出なかったことに、ホッと安堵《あんど》の思いだった。

＊　＊　＊

老人には、それから何日かの後、突発的な事故が起こった。何日か前の食卓の席で、老人が予告めいて言ったことが、そのまま適中したといったような事故だった。

「これはおじいちゃんの予感みたいなもんでな。……つまりお迎えが向うのほうからやってくるといったような……」

その通りのことが本当に起こったのである。老人は二階の階段から、もろに逆さになって転げ落ちたのである。そして一階の床板に頭を強打し、人事不省に陥るといった事故であった。午後二時過ぎのことで、老人が転げ落ちる最初からそれを目撃していた颯子が悲鳴をあげた。美保は学校からまだ戻らず、喜八郎も会社に勤務中で家にいなかった。颯子は心細くて、何をどうしてよいものやら分らぬながら、ともかくも救急車の連絡をとった。そうして、会社の夫にも電話で急を告げ、学校にも電話で美保を呼び出してもらい、急いで帰ってくるよう、おじいちゃんの事故のことを知らせた。

救急車が老人を運び込んだのは中田脳神経外科病院だった。老人は終始意識はなかった。階段下の床板にはよほど強く頭をぶつけたらしく、脳の一部が陥没するほどの裂傷を受けていた。

「こりゃ、即死してもおかしくない重傷ですね。でもまだ息はありますし、心臓もしっかり動いている。まあ、我々としても全力を尽くしてみますが、残酷なようですが、助かる保証はありません。覚悟だけはしておいて下さい」

大急ぎで帰宅していた喜八郎に美保、それに颯子を加えての三人を前にして、担当の中年の医師はハッキリとそう言った。

しかしこの間、老人としては表面上の意識こそなかったものの、意識下ではしっかりとした幻覚《ハルチナチオーン》が起きていたのであった。

幻覚とは夢とは違う。感官的には極めて明瞭《めいりょう》な知覚である。誰もいないのに人の顔を見たり、誰かが刃物をふるって自分を追っかけてきているのを見たり、外部の状態とはまるで違う状況を経験するのである。その世界は、当人にとってはまさに現実のリアルな経験なのであった。

幻覚を起こす原因はいろいろとあって、まずは脳膜や脳皮質の充血とか、脳の極度の貧血とか、モルヒネ、ハシッシェ、アルコール、エーテルなどの作用でも起きる度合いが強い。だから、手術の時の麻酔とか、麻酔が切れたあとの痛み止めのモルヒネなどの作用として幻覚を見るパーセンテージはかなり高いと言われる。

老人は即死こそ免れたものの、この幻覚の世界を経験することになったのであった。

＊　＊　＊

自分がおぼえていた季節は、葉桜の時季もとっくに過ぎた五月半ば頃のことのように記憶していた。それが、今は夏の盛りらしい。巌松寺公園の池畔《ちはん》の樹林には降るような蝉時雨《せみしぐれ》が聞かれた。聞くだけで脂汗《あぶらあせ》が泌《し》み出すような油蝉である。

どうも様子が変な気がする。意識づいた時、老人は炒《い》りつけるような熱気の中を歩いていた。舌先に涎《よだれ》をたらし、尾を下げて……。何か遠い、忘れかけていた記憶がよみがえってきたような気がした。

老人は腹這《はらば》いのまま、自分の体を改めて眺めてみた。短い栗色《くりいろ》の密毛が尾から背中を掩《おお》っている。短めの四肢《しし》の内側から腹部を巡り、咽喉部《のどもと》へかけては白い同じような短毛が、艶《つや》やかな毛並を見せていた。

この一匹の雑種の中型犬が自分自身であること――

深い驚きはなかった。以前にも、こうした全く同じ経験をしたような記憶があったからである。驚くより、懐かしい気さえしたのである。あれは夢で見たことかな？　それ以上の推測はつかなかった。だが今度は違う。これは全く現実の問題なのだ。

沼が池から岸へ切れ込んで、壊《こわ》れかけた土橋が散歩道をつなげる辺《あた》りの風景、岸辺につないだままではあるが浸水して沈み、やっと舳先《へさき》だけを濁り水からのぞかせているボートの具合いなど、その光景の持つ呼吸のようなものが、つい昨日のものに感じられた。そして自分は念願通り犬に生まれ変わったのか！　それにしても人から犬へ！　この隔たりは幾万星霜《せいそう》をもってしても及ばないであろう。

深くは考えなかった。勝手知った道である。本能的に進んだ。雑草を踏んで樹林を抜け、柵《さく》をくぐり、ゆるい坂の砂利道を上り、建売り住宅が四、五軒かたまって建っているあたりを右へ曲がると、例の三角山の樹林がある。この場所にも強い印象が残っている。何度も行きつ戻りつしながらも、その強い印象が何から来ているものかをとうとう思い出せず、犬はあの白い一本道へ出た。下校時でもあるらしい子供たちともすれ違った。

すれ違った時、子供たちが犬を見て喚《わめ》きあう言葉の切れ端が耳に残った。

「あの犬、首輪してないぜ」

「宿なしにしてはきれいだな。柴犬だよ」

「柴にしては図体が大きいよ。柴と何かの雑種じゃないのか」

「捕まえようか」

「よせ、首輪もなくて独り歩きなんて、……もしかしたら……」

「狂犬か？」

「狂犬の野犬がいるから、このあたり、気をつけろって先生も言っていたじゃないか」

「そうかなあ、そんなには見えないけどな」

右手に、高いゴルフ練習場の青いネットが続いている。この練習場ができる前までは、ここは一面の芝生《しばふ》だったのに。

石塀の角を曲がる。すぐ奥、行き止まりの両二軒、右手の大谷石《おおやいし》の塀に黒い鉄骨の門、横書きのタイルの表札が門脇《もんわき》に「大田喜八郎」と出ていた。それは息子の名だ。あのまま何も変ってはいない。すぐに頭を下げた。頭を上げたままでは、首が痛い。犬の首は、じかに肩から胴体へ、地面と平行に続いていた。地面が常に犬の顔面と平行していた。鼻面を押しつけ、記憶のすべてを嗅《か》ぎとる思いで鼻腔《びこう》を広げた。後ろの右肢《みぎあし》を上げ、門柱の根方に小便をした。この一連の動作は老人が犬そのものであることを痛いほど自覚させた。それでも犬としての老人は冷静であった。

反射的に身を引いて身構えた。緊張が電流のように背筋から尾へ走った。門が開くところであった。鉄骨の門扉はキ、キーッといやな軋《きし》み音《おん》を発する。直しておかなきゃ、常々言いもしたし、颯子もそう言っていた。殊に夜中なぞ、喜八郎が酔《よ》い痴《し》れて帰宅した時など、このいやな音は寝静まった住宅地のこの辺りでは、派手に、遠くまで聞こえる。その音が、相変わらず、昨日のそれのように聞える。　その軋み音を立てながら、門内から一人の男が出てきた。その男が誰であるか、犬としての老人にもすぐに分った。

第九章

今、第三者からこの時の状況を広範に観察すれば、実に奇異な現象が起きていると見ずばなるまい。

実体としての老人は中田脳神経外科病院の手術室で、生きるか死ぬかの大手術中である。しかし一方でその老人は、主観的な状況としては一匹の犬となり、自分の家の門扉の前に立っていることになる。その門内から顔見知りの一人の男が出てきたのであった。

老人にとっての主観的な現実感からいえば、手術中の自分より、この犬として我が家に戻ってきた状況のほうが現実としか言いようがない。幻覚《ハルチナチオーン》とは麻薬や覚醒剤の中毒症状としてよく見られる現象であるが、原因はそれだけとは限らないのである。

門内から出てきたのは、何と、あの診療所の白井ではなかったか。「もう二度と家《うち》の敷居はまたぐな」と老人が彼に言い渡した一喝《いっかつ》で、それに懲りてか白井はそれ以来というもの、家に颯子を訪ねてくるようなことは二度となかったのに、今日は何としたこと！　と老人の犬は思った。

と、もっと犬を困惑させることが起こった。白井に続いて、ああ、紛れもない、颯子の姿が見えたのであった。紅《あか》い模造革のサンダル穿《ば》きで、その蔽《おお》いの先に、小さな愛くるしい爪先《つまさき》がペディキュアされ、慎ましくこぼれ出ていた。

「また近いうち、お邪魔していいでしょうか」

白井は、ことさら他人行儀に改まりながら、颯子に笑顔を向けた。目もとのたたまれた小皺《こじわ》をくちゃくちゃに、細い目をいっそう細めて笑顔をつくった。

「何を言ってるの。どうぞ、いつでも。おじいちゃんにああ言われたって、気になさらないで。あたし、何とか言いくるめておきますから。おじいちゃんは頑固は頑固でも、根は気の小さい人ですもの」

颯子は白井の後ろ向きになりかけた服の肩の埃《ほこり》を払ってやるように手を伸ばしかけ、

「まあ、何ですね、この犬、びっくりするじゃないの」

足元にじゃれかかる迷い犬を、激しく払いのけた。

＊　＊　＊

夕方から雨が降りだした。急いで颯子は、茶の間の軒先の洗濯物を取り込み、ついでのように洋間の水槽の金魚に餌《えさ》を小匙《こさじ》ですくい、居間に戻った。テーブルに座布団二つ、白井が小一刻前《こいっときまえ》、坐っていたまま片付けてない。

老人の居なくなった我が家が急に広くなった。けむったい老人が居なくなったを幸い、夫の喜八郎も相変わらずの状態で、何やかやと理屈をつけては家を留守にすることが多い。そのうえ、朝帰りなどしょっちゅうのことで、颯子の心の整理はなかなかつきにくいのであった。ただ、一人娘の美保だけが精神的支えになってくれてはいるものの、もう娘も十六歳、反抗期に入りかけたところで、親離れしだしたのか、昔のように母親に懐《なつ》いてはくれない。

その無聊《ぶりょう》をいささかでも慰めてくれるのが白井であった。本当を言えば、颯子にとっていささかうっとうしい思いもしないではなかったが、彼女は表には出さず、いつも笑顔で迎えた。

でも、夫や娘や老人がいる時の彼の訪問は、正直な話迷惑で、不愛想に迎えて早く帰ってもらうように仕向けはしたが、ここのところの呼吸がむずかしかった。かといって、あまり邪険《じゃけん》には扱えぬだけの関《かか》わりを彼との間には抱えていた。

喜八郎がたまに早く帰宅した時、何の用だか白井が遊びに来ていたことがある。玄関に彼の靴《くつ》を見かけ、迎えに出てきた颯子に、「お客さんのようだね」と聞くのといっしょに、彼女はおっかぶせるように「白井さんよ」と気のない答えをした。以前、一度は白井を夫に紹介したことがある。

「動物診療所のお医者さんで、うちの美保とも顔見知りで……」

とか、不得要領な説明しかできなかった。

夫は、客が白井と聞くと、「ふーん」と、これまた気のない頷《うなず》きで茶の間へ顔を出すと、白井は細い目を笑わせて、「花がきれいですね」とか、世間ずれした顔で挨拶してきた。躑躅《つつじ》が、細長い大田家の庭うちに派手やかな綻《ほころ》びを見せ、暮色のなかにもそれなりの彩《いろど》りがあった。

「何の用だい、何かあったのかい？」

白井の帰ったあと、夫は不機嫌だった。

「白井さんの診療所は美保の学校の隣にあって、美保もよく知っててさ、お世話になることだってあるでしょ。ほんとは相手をするのはあなたじゃないの」

と言う颯子の不機嫌が返ってきた。喜八郎は言葉をのんで廊下を奥へ行った。

「夕食の買物はこれからなの。あなた、お魚でいい、それともお肉？」

背中に颯子の声が迫ったが、彼は返事なしに廊下奥の書斎のドアを閉めた。

＊　＊　＊

雨の翌日は快晴だった。ひと掃除了えて、玄関のあたりにも軽く打ち水をした。空が眩《まぶ》しいくらいだった。颯子は腰を伸ばし、眩しいほどの空を仰いだ。

ワゥーン、ウワン！

門の外で犬がこちらを覗き込むように吠えていた。門の鉄柵《てっさく》を開けると、勢いよく跳び込んできて、しきりに颯子の足元にじゃれつき、気狂いのように尻尾《しっぽ》を振り立てている。

ああ、この間の……彼女には見覚えがあった。とがった耳、栗色《くりいろ》の毛、太い左巻きの尾、きりっとした男前の柴犬である。でも柴にしては体が大きい。雑種かもしれない。首輪はしていない。野犬かしら、捨て犬かしら。この前、邪慳《じゃけん》に追っ払ったことを覚えている。でも、それだけに、その犬が舞い戻ってみると逆に愛《いと》おしく思えた。

——どこの犬だろう——

野良《のら》犬にしては身ぎれいに、毛もつやつやしている。颯子はパンに残りものの肉汁《にくじる》を浸して手ずから与えた。二つ三つとちぎって出すのを、犬は丸呑みするように平らげ、その度に彼女の手指を舐《な》めた。

日暮れになっても犬は庭先を離れなかった。迷い犬であろうが、どこの犬とも手がかりはない。門の外へ追い出すと、そこから動かない。しばらくたって気になって見に行くとまだそのままなので、颯子は根負けしたように門をあけた。保健所へでも連絡をするとしても、ひと晩だけは仕方ないと思った。

朝、庭先の縁下に、犬は丸くなったままだったが、雨戸を繰る音にいち早く跳び出し、颯子の足先にじゃれかかり、尻尾を振り立てた。美保も、大喜びで犬の頭をなでてから学校に行った。

その次の日、犬は居なくなった。

＊　＊　＊

とにかく暑い。思考の雲は晴れぬままなので余計にうっとうしく暑い。池畔《ちはん》の木陰に身をひそめても舌先から汗がたれた。

颯子の手指の味がまだ記憶にあった。思いが言葉にならないじれったさと、天性《うまれながら》の犬の本能とが人間としての老人の意識と絡《から》まりあって、どうにもならない。そしてそれらを冷ややかに見物している別の意識が働いて、三すくみの状態であった。

「あっ、この前の犬だ」

学校帰りらしい子供たちが寄ってきた。いつしか犬は暑い日射しの巌松寺公園の池のほとりにでていた。

子供たちの中の一人、いくらかは警戒気味に手を差しのべてきた。やけにヒネた感じのする、吊り気味の細い目をしていた。頭でも撫《な》でてやろうというのであろう。黙ってされるままにしていると、頭から肩へ、背から尾のほうへと撫でて、その子が、「首輪がないから野良かもしれないけど、いい犬だな」と、仲間に言った。最初に手を出した勇気をみんなに見てもらいたいところであろう。

「おい、さっきも区の広報車が、狂犬がいるからって、マイクで言ってたじゃないか。危ないぜ、よしたほうがいいよ」

別のドングリ眼《まなこ》のが、提《さ》げ鞄《かばん》を手に持ち直して言った。

「そんなことあるかい！　臆病だな。もし狂犬ならもうとっくに噛みつかれてるよ」

行きがかりで、勇気の仕上げを示す必要もあってか、最初の子は腰をかがめて近寄り、尾っぽを握って振り始めた。乱暴な手つきである。犬は、不快感をそのまま、鼻面《はなづら》に皺《しわ》を寄せ、片唇《くちびる》をめくって白い鋭い歯を見せ、睨《にら》んだ。

子供は手を放して立ち上がった。

ウ、ウ、ウーッ

喉の奥から、がらにない重量感のある唸《うな》り声が出るのに、犬自身、驚いたくらいだ。

「行こうよ」

一人が後退《あとじさ》りすると、気勢をそがれたように一人も帰りかけ、最初の子も引っ込みのつかぬまま、さりとてここらが潮どきと、みんなのしんがりで歩き出した。

狂犬か！

老人の犬は独りごちた。狂人もいれば当然狂犬もいるだろう。妙に誘惑を感じる。行き当たりばったりベンチにあった行楽客の残していったらしい残飯の包みをあさり、そして草むらで野宿して幾日かが過ぎた。

灰色に見える風景、薫《かお》り、臭いの世界、というより、地上十、二十、三十センチの地面に引き寄せられた空間、人でいえば膝下《ひざした》の低い世界、猫ならば、塀や屋根や軒庇《のきびさし》がある。その視野は人よりも広角度で自在な広がりがあるであろう。そこへいくと、犬は一寸法師の住人であった。時に抜群の跳躍をなすことが出来得たとしても、それは波間に踊《おど》る魚の跳躍に似て、魚は結局は水を出ることが不可能なように、犬の跳躍も一瞬のことで、結局戻る所は膝小僧《ひざこぞう》から下の低い地面の世界であった。

雨が降ってきて、池の面《おもて》に漣《さざなみ》がたった。

サッコ、サッコ！　との呟きがいつしかカツ、カツ！　と変わっていったが声にならず、犬はこのとんでもない事態にまだ困乱しっぱなしの頭を振り立て、意味もなく辺りを徘徊《はいかい》する。

と、不思議な本能が働いた。犬は身を伏せるように走り出していた。振り返るまでもなく、後ろに迫る危機を感得していた。保健所の犬捕《いぬと》りに違いない。肩の肉の盛り上がりに連動して、前肢《ぜんし》は土をうがち、後肢《こうし》は土を蹴《け》る。これはリズムだ、と、走るリズムのエクスタシーが犬を駆り立てた。

運動神経が鈍く、あまりスポーツを好まなかった老人の変りようはどうであろう。犬は敏捷《びんしょう》で、軽く疾駆《しっく》する。頭には英知を、体には野生の血とリズムを！

もう犬捕りはどこにもいない。気がつくと門柱に「大田喜八郎」とあった。犬は本能的に叫んだ。

バウ、ウァ、オオオーン……

その声をいちはやく聞きつけて、駆け出てきたのは美保であった。この前、何のはずみか迷い込んできた首輪のない犬を眺めながら、

「何かの因縁よ、ママ。ほかにもいろいろお家《うち》があるのに、わざわざ家を選んで、二度も迷い込んできたんですもの、家で飼いましょうよ。おじいちゃんが退院してきたとしても、わざわざ買ってきたわけでなし、向うから跳び込んできたんですもの。こんな事情だからって言えば、おじいちゃんだって納得してくれるわよ」

美保は嬉しくってしようがないらしく、犬の頭を撫で、毛並みのいい胴体をさすった。

「ママ、今度こそこの犬、よそへ行かないように首輪も鎖も買ってきてさ、小屋だって三角屋根の見栄えのいいのを選んでやって、本当に家の犬として飼いましょうよ、ママ。保健所にはあたしが届けを出してきてもいいわよ、ねえ、ママ」

颯子にとっても、この人なつっこい犬が気に入ったとみえ、

「じゃ、そうしてみようかね」

とだけ答えた。

＊　＊　＊

美保は登校中で、颯子が一人、手持ち無沙汰《ぶさた》で無聊《ぶりょう》をかこっている時、久し振りに白井が訪ねてきた。診療所のほうは、少しの間くらいならば留守にしてもいいんだと、この前白井は弁解がましく言っていたことがある。

縁先に見慣れぬ犬が不愛想に、まるで白井を睨みつけるように睨《ね》め上げながらうずくまっていた。

白井は座布団に坐るなり、

「犬を飼われたんですか？」

と訊いた。

「そうなんですの。ほら、いつかの、あの犬がまた来て、居ついて動かないんですもの」

颯子は茶を淹《い》れに立ちながら答えた。

「よく調べてでないと、危険ですよ」

白井は犬に目をやりながら、なんとなく落ち着けないでいるらしい。

確かに、それなりの事情はあった。このあたり、野犬が出没して人家の勝手口を荒らし、食料を奪い、時に飼猫を食い殺したりするという。よほど敏捷《びんしょう》で凶暴な犬と見える。保健所の広報車で、「狂犬にご注意!」と注意を呼びかけているが、実際に狂犬であるかどうかは分らない。以前、狂犬に子供が噛まれた例はあったとはいえ、最近はそういう事実はなかったし、凶暴な犬だとはいえ、実際に人が襲われたということもない。目撃者の話では、茶褐色《ちゃかっしょく》の大きな犬で、風のように俊敏に走るという。

白井が見ると、犬はまださっきの姿勢のままこちらを見ていた。吠えも唸《うな》りもしないが、白井は気になって仕方がない。同じ犬でも、もっと可愛気のあるのを飼ってくれれば、と思いつつも、

「利口そうな犬ですね」

なぞと、ついお世辞がちの言葉になった。

「懐《なつ》かれると可愛いんですもの、ねえ、コロ……」

颯子は縁側に立った。コロという名を与えられた老人は、鼻面を寄せて颯子の足指を舐めた。くすぐったい、と言いながら、颯子は舐めるがままにさせ、いとしげに犬を見下ろす。チーズの片《きれ》を持って来て、彼女手ずから与えるのを、犬はその手指までを舐めた。

「ぼくにもやらせて下さい」

白井まで、つられて、というより、犬にも取り入らねばの思惑も働いたのであろう、チーズの片を颯子にもらって、

「ほら、ご馳走《ちそう》だぞお……」

と言いながら、それを犬の鼻先に差し出した。犬は、尾を振りながら、それをも食べ彼の手指をも舐めた。

「よしよし、お利口さんだ」

彼は犬の頭を撫でながら、それを見ている颯子の視線を十分に感じていた。

しかし、老人の心境は複雑に屈折する。腹立ちと嫌悪《けんお》と屈辱に耐えられぬ思いでありながら、犬としての本能に逆らえないのだ。ひとりでに尾が振り立てられ、白井にまで媚《こ》びと愛嬌《あいきょう》を振りまくのである。

いずれ、この男、白井は颯子にどの線までかは知らぬが、取り入ることに成功するであろう。今のところ、颯子は白井には背中しか見せたことはないし、これからもそうであってほしいと老人は願いながらも、どうも様子から察するに、そのまま、成行きのまま、彼女は彼にすべてを許してしまいそうな危険を感じる。

颯子は夫の背中を追い、その颯子の背中を白井が追った。追うべき夫は背中だけしか見せずに、こちらを振り向いてくれそうな気配はない。颯子は立ち止まり、佇《たたず》む。

夫の喜八郎はゴルフの付合いと共に、たびたび朝帰りをする悪い癖があった。会社が退《ひ》けると足はネオンの街へ向く。まっすぐ帰宅するにも精勤者の美徳を要する。いわゆる〝出無精〟という言葉があるように、〝帰り不精〟というやつであろうか、当人はそう思っていた。暁闇《ぎょうあん》の街を梯子酒《はしござけ》で疲れ、不承不承にさてご帰館かとタクシーを探す途々《みちみち》、濁った頭に颯子の顔がよぎったりする。

颯子は模範的女房で、朝帰りの飲んべえ亭主にも逆らわず、堅実に家庭を守る。しかも、その気にさえなれば、いくらでも男が出来る人並以上の美貌《びぼう》と熟女たる若さをまだ失ってはいなかった。それを思うと、喜八郎なぞは鼻持ちならない女房自慢に甘えているところがある。人に羨まれるほどの妻がありながら、あえて度重なる朝帰りは、いってみれば一つの自虐的な見栄なのかもしれない。

小雨なぞ降り始め、「お茶でもご馳走してよ」と袖《そで》を引く巷《ちまた》の女たちを振り払いながら、傘《かさ》もなしに歩く時などは、「サッコ、サッコ」と口裏で呟き、せめてもの女房への贖罪感《しょくざいかん》に自己を責めるのである。自慰にも等しい感傷で、その夜その夜の辻褄《つじつま》を合わせていた。

こういうことを度重ねていれば、白井との間がどう発展するか、分かったものではない。ただ喜八郎にとっての救いは、たとえそうなったとしても、妻は白井に背中をしかと与えないであろうことであった。顔はしっかりと前方を向いて、夫を見失ってしまうようなことは決してあり得ないという確信であった。

＊　＊　＊

迷い犬を飼うことにして、いちばん喜んだのは美保であった。彼女の発案で、犬はコロと名付けられた。もし老人が相変らず健康で家にいたら、こうもスムーズに事は運ばなかったであろうが、幸か不幸か老人は、階段から転げ落ちて重傷を負い、目下入院中で生きるか死ぬかの瀬戸際《せとぎわ》にあったのだ。看病は誰がどうしているのか、主に颯子が中心になって病院通いをしているはずで、ほんとは白井の相手なぞしているひまはないのに、と、犬になった老人は矛盾だらけの幻覚のなかで思っていた。

＊　＊　＊

コロは保健所に登録され、首輪をつけられ、所定の予防注射なぞの処置は白井動物診療所で済まし、正式に大田家の飼犬となった。毎日のブラッシング、朝の散歩、「お坐り」「お与《あず》け」「良し、許す」なぞの躾《しつけ》を受け、遠くへほうったサンダルを、間髪入れずすっとんで行ってくわえてくることも覚えさせられた。

なに、そんなことぐらい、コロにとっては実に簡単なことである。コロは、並の人間同様の能力があるのだ。しかし、その能力を、犬としての本能がガッチリと銜《はみ》をはませ、鎖で縛りつけていた。

コロは憂鬱に考え込むことがある。悲劇なのか喜劇なのか、人としての自分と、犬としての自分が互いに入り交じっているがための憂鬱であった。老人は今入院中のはずなのだ。その老人がつい先までこの家にいたという痕跡《こんせき》も気配もまるでないことが不思議であった。

第十章

コロは家の中には入れてもらえず、それほど広くもない庭の片隅に、赤く塗られた三角屋根の小さな犬小屋が据えられ、そこが終《つい》の棲《すみか》となったのである。

小屋の入り口からは、一直線に門が見える。見えるというより鼻で嗅《か》げる。猫は見、蝙蝠《こうもり》は聴《き》き犬は嗅ぐ。御用聞きの一人一人の臭い、それに白井の臭いにさえ尾を振り立てる本能的な犬としての習癖に腹を立てながら、颯子の忌わしい客を懸命に歓迎させられる苦痛とは全く裏腹に、コロは白井の靴まで舐める愛すべき飼犬となっているのである。

時々颯子は、そしてそれを見習うかのように美保も、手に唾《つばき》を吐いてご褒美《ほうび》をくれることがある。それを真似《まね》て白井までが手に唾する。

「唾をやると、犬は余計にその人を覚えて懐《なつ》くんですよね」

心得顔に白井は言う。

しかし、これはまだ、ほんの序の口であった。奇妙な物語の、やっと入り口に差しかかっただけであった。

あれほど欲しがっていた犬のこと、早い時間に学校から帰宅したり休日の時など、美保はコロの鎖を曳《ひ》いて散歩に連れ出してくれるとはいうものの、やはりコロは嫁の颯子と過ごす時間が長い。時折、颯子はコロを抱きしめてくれる。溺愛《できあい》と言ってもいい状態であった。少し癖のある颯子の体臭は懐かしかった。どこかに、亡妻のカツを連想させるものがあった。髪から手足、陰部までをこめた臭いがコロの全世界をくるみ込む。するとコロは狂ったように尾を振り立て、フンフンと甘え声で鼻を鳴らし、夢中に彼女の膝《ひざ》の上で身をよじってすり寄る。キッスの代りに、彼女はいつものように唾をくれる。ビスケットの屑《くず》のような、細かい食べ物の粒々が交っていたりして、コロは颯子の口臭をむさぼり舐めた。

颯子は、床の中で、うるさがる夫の喜八郎に、しつこく唇《くちびる》を求め、「いいかげんにしないか」と怒られたものだ。それが今ではコロが隙《すき》をみて彼女の唇を求めようものなら、「きたないじゃないの！」と叱声《しっせい》を浴びせる。溺愛とは言いながら、彼女の躾《しつけ》は厳しかった。座敷犬のような狎《な》れ合《あ》いは許さなかった。欠け茶碗《ぢゃわん》や欠け皿《ざら》をじかに地面に置いての食べ物（ドッグフード類のものはあまりなく、たいていは家族の残り物の焼魚の骨やパンの耳、肉汁のぶっかけ御飯の類いが多く、時には牛乳、コロ大好物の牛乳、バターやチーズの場合もあった）を前に、「お与《あず》け！」「許す！」を、首根っこ抑えられながら何回やらされたことだろう。それは颯子に限らず、美保さえも、母に真似て同じ訓練を施す。

老人は彼女を見上げ、人間の言葉で語りかけたい強い衝動に駆られることがしばしばであった。目に意味をこめ、じっと見詰め、「颯子、俺《おれ》が分るか、ほら、おじいちゃんだよ」。するとそれは言葉にはならずに、くぐもった声が喉元からしぼり出されるばかりであった。ウーウッ、クィ、キィン、クン、クァイン、ウーッ……。

老人は狂い出しそうな気がした。遠いはるか彼方《かなた》にもう一人の自分がいたような気がしていた。その老人はどこかの病院の手術室で生きるか死ぬかの大手術を受けている。

ところがこうして大田家に飼われる身となった今の自分は何だろう、これらは、頭に重傷を負い、しかも全身麻酔などの影響から幻覚を見ているんだという自意識はまるでなかった。大田家には、つい先日まで老人がいて、その老人が階段から転げおちて重傷を負い、今は病院で助かる見込みもなさそうな大手術を受けているなんて、この家族の様子からして何の気配も感じられぬ点が、幻覚の最中とはいえ、犬は犬なりに頭をひねるところであった。

＊　＊　＊

或る出来事があった。これは颯子の名誉のために、言ってはいけないことかもしれない。しかし、やはり正直に言っておかねば……幻覚上のこととはいえ、老人にとっては実体験同様のリアルな体験だったから。

颯子は縁側に腰をおろし、犬小屋周辺の庭の手入れの中休みの体《てい》であり、そのサンダルの先にこぼれ出たペディキュアの赤い爪先とコロは無心にたわむれ、柔《やわ》噛みに歯を当てていた。

頭を上げかけたコロの頭に、めくれたスカートの下端がかぶさった。ブワーンと大音響に眩《めくるめ》くように、颯子の体臭に包まれた。よけようとすると、かえってスカートがなだれ落ちるように、コロの頭部を包み込んだ。いったいに視力が弱いうえに暗がりに包み込まれたので、何も見えなかった。が、臭気のヴォルテージは上がって鼻孔《びこう》に谺《こだま》した。

いったん颯子はスカートを払って立ち上がり、足元のコロを見た。目もとが汗ばんでいるような感じがしたが、何も言わず座敷へと上がっていった。と、すぐに彼女は引き返してきて、元の位置に腰を下ろした。寝乱れたようにスカートがめくれ、暗黙の指示に導かれてコロが頭を差し伸べると、颯子はつと犬の首筋を撫でながら強く手元に引き寄せた。暗闇《くらやみ》の中に抑え込まれ、頭を振る鼻先に、彼女の最奥の、あの秘密の毛深い部分がじかに触れた。どう思ったのか、さっき、彼女は下着を脱いできたものとみえる。

コロは反射的に舌を出し、習性で、柔噛みかげんにその部分をまさぐった。じゃりじゃりと音を立てかねない剛《こわ》い毛並みを分け、湿潤《しつじゅん》な襞《ファルテ》に沿い、舌をならして小さな豆粒を探り当てるうちに、潤《うる》みあふれて余情が滴《したた》り流れるように犬の鼻面をしとどに濡《ぬ》らす。

あれはいつだったか、上京して間もなく元気だった頃、颯子と戸隠《とがくし》へ登った時のこと（これも幻覚のなせる贋《にせ》の記憶かもしれぬが）だ。あの宝光社、中社の付近から始まり、白樺《しらかば》の疎林を点在させての越水《こしみず》が原から古池、種池、小鳥が池、みどりが池、鏡池、水源池を配置させるまで一帯の高原状の起伏、そして豊かな湧水《わきみず》、老人の思い出は虚実ないまぜに重なりあっての逍遥《しょうよう》に引き込まれていったのだった。

水垢《スメグマ》に掩《おお》われた川石に、えもいわず山の香気が神韻《しんいん》と満ち渡る。参道を進むと奥社に至る、地裂に落ちぬようＰ１の岩に取りつき、難所ともいえる蟻《あり》の戸渡りは文字通り剣《つるぎ》の刃渡りで、左右はもちろん後ろに地裂、前に山裂を控え、相当の決意を要する。この難所を越え、左右に開く戸隠連山の中心、八方睨《クリトリス》みのピークに立ち、初めて表山縦走にかかることになる。

犬も時に、狂わずとも忘我の境に陥ることがある。コロの困乱は人間であった折の颯子との行楽の妄想と重なり、嗅覚《きゅうかく》の世界へと溺《おぼ》れ込んでいったようである。しかし、同時に、見てはならぬ颯子の痴態を、つい覗き知った暗澹《あんたん》とした悔いを感じてもいた。

＊　＊　＊

　或る日、白井は改まった調子で、

「颯子さん！」

　と切り出した。緊張気味の顔がこわばっていた。

「とっくにお分りのことでしょうが、ぼくは……」

　と言いつつ、踏んぎりをつけるように手をのばし、卓袱台《ちゃぶだい》越しに颯子の手を取った。

　その様子《さま》をガラス越しに縁先からコロが見ていた。犬の可愛い目と、律儀《りちぎ》にお坐りの姿勢で前肢《ぜんし》と後肢《こうし》をそろえて見上げる姿に颯子は視線を泳がせ、その視線と視線とが期せずして合わさった。

　颯子は立っていってから戻り、

「せっかくですけど、そのお話、今は聞きたくないの」

　余裕のある態度で、むしろ笑い気味に軽く流した。

　その日はそれだけのことで終わったが、また数日たったお昼休みの頃、白井はまた訪ねてきた。犬は尾を振って迎えたが、颯子は留守だった。玄関はじめ出入口にはしっかりと鍵《かぎ》がかかっていたので、白井は縁側へ回り、腰を下ろした。細長く奥行きの深い庭の奥である。二本ほどの百日紅《さるすべり》に鮮紅色の小花の彩《いろど》りがあった。しばらく眺めまわし、腕時計をのぞき、門のところまで歩いて行って戻り、また白井は腰を下ろした。じゃれつく犬の頭をなでたりしたが、むしろ犬はうるさげであった。

「ちわーっ、おおたさーん、おいていきますよ」

不意に御用聞きらしい声がして、ごとごと門の辺りに気配がして、バイクの音が遠去かる。白井が立っていくと、郵便受けに牛乳瓶が二本入っていた。それを持って引き返し、一本を縁に置き、一本を手に、なんとなく眺めた。ミルクの、あの白い粘性を秘めた液の色と感触には、何がしか人の心を猥褻《わいせつ》に誘《いざな》う魔力を秘している。白井は大胆にも蓋紙を爪で引き剥ぎ、二口ほど口をつけてから足元の犬を見た。

あたりを見回す。ここは住宅地であり、隣家といっても、細長く奥深い庭の塀越《へいご》しに一軒、そして門の手前にもう一軒あるのみで、この位置をまともに覗き込める他家の窓は一つ、その窓とて距離もあり、戸が固く締められたままである。

犬皿《さら》に白井はミルクの残りをあけた。妙に息をはずませ、立ち上がってズボンのファスナーを引き下ろした。十分以上にそそり立つペニスが突き出る。それで犬皿のミルクをかき回し、そこへ唾を吐き入れた。まるで白日夢のような変様である。相手が如何《いか》に犬といえど、これははっきり凌虐罪《りょうぎゃくざい》の名に価するのではなかろうか。

老人は、ハッキリ自己を取り戻していた。一瞬の驚きと同時に激しい怒りに燃えた。まさか犬の正体が誰であるかを弁《わきま》えてのことではなかろうが、それだけに白井の行為はパラノイアに過ぎる。

白井はあたりに気を配りつつ、犬皿をコロに押しやった。

老人は怒りに燃えた。だが、老人は犬であった。犬という性癖がその意識を縛りつけていた。

コロは尾を振りつつミルクを舐めている。その情景《さま》を眺めついよいよそそり立つ白井のペニスがコロの鼻先にあった。

白井は興《きょう》をそそられ、ズボンのベルトを外し、腰下のあたりまで下げかけた時、門がキーキーッと、例のいやな軋《きし》み音《おん》を立てた。颯子が帰ってきたのである。

白井は慌てふためきズボンのベルトを締め、あたふたと門のところまで飛んでいって、

「待たせて頂いてました」

取り繕うための殊更目尻《めじり》を細めた笑顔で彼女を迎えた。医者が必ずしも人を愛しているものとは限らないように、動物専門の医者とて必ずしも動物愛護の精神の持主とは限らないようである。

「あーら、ミルクまで頂いて――」

颯子は、まっすぐコロのそばに来て、嬉しげに吠え立て、ちぎれんばかりに尾を振る犬を抱き上げ、犬皿のミルクの残りと白井の手にした牛乳瓶とに目をやりながら感謝交じりの挨拶をした。

「コロって、利口な犬ですね。もっと本式に訓練すると、いい犬になりますよ、きっと――」

スパイク付きの、あの恐ろしい強制首輪をでもはめさせようというのであろうか。

＊　＊　＊

颯子は白井にとっては最も好みのタイプであり、そんな女を妻としてかしずかせる喜八郎の立場は、白井にとってどのように映っていたか、喜怒哀楽の情に乏しく、いつも如才なく細い目尻を笑ませているだけのあの表情の下に、本当は何が蔵《しま》われているのか——最も不気味なのは、異常者の異常ではなく、正常者の内的欲情発現《アウトエロチスムス》であろう。

白井は、どんな心境から説明不能の凌辱《りょうじょく》を犬に加えようというのか。彼はその後、前回の補足として、こんなことをも行なった。

彼は前回の続きのように、ベルトをゆるめズボンを中途まで引き下ろした（全部脱いでしまったら、いざという時に人の目から隠し了《おお》せない）。獣姦《じゅうかん》をでなく、普通男性の性欲一般からいえば、この場合はペニスを舐めさせることを意味する。颯子もコロの舌をオナニー用に活用することが習慣化したが、これは女性サジズムの萌芽《ほうが》を意味していた。これはでも、ごく普通の範囲の秘密といえる。ペニスを犬に舐めさせる。これとて普通あり得る範囲である。ところが白井は、ペニスをでなく、それを洗ったミルクに唾まで吐き込んで与え、間接的にペニスを吸わせたのである。それを今回は、犬皿《さら》に尻《しり》を据えるようにして、犬の面前で肛門《こうもん》を洗ってそのミルクを犬に与えた。そして彼の快感は極まるかのように、犬の、あの可愛く丸っこい鼻の頭に射精した。一種の電流のようなものが老人の頭から足先まで走り抜けた。ミルクとザーメンが溶けあって犬の鼻面から滴《したた》る。それを、滑稽《こっけい》さをよりこめて、愛嬌《あいきょう》いっぱいに尾を振りつつ、犬は舌で舐め取る。ツンゲとツンパは語呂《ごろ》が合うと、誰かが言っていたっけ。

＊　＊　＊

颯子が帰宅した時、家へ曲がる角の、右手のゴルフ練習場の前に救急車が停《と》まり、近くの人や駆けつけた通行人たちでいっぱいの騒ぎになっていた。まさかとは思いつつ、一時に迫る胸騒ぎに、颯子は急いで人をかき分けるようにして角を曲がった。ちょうど、門から、担架に乗せられて白井が運び出されるところであった。

「なんです！　どうしたんです！」

取り乱して彼女は担架の前部を持つ白マスクの男に声をかけ、後ろを覗き込んだ。蒼白《そうはく》の、半ば失神状態の白井が、服を血だらけにし、特にズボンは引きちぎれ、泥《どろ》と血で汚れて、下半身剥《む》き出《だ》しのところを係員が周囲に気を配りながら、人の目を避けさせるように、急いで後ろから追いすがって毛布を掛けるところであった。

「あ、奥さんですか。とにかく事故がありまして、この人、知ってますね。……怪我《けが》しまして、病院に運ぶところです。そう、そこです。中田脳神経外科です」

颯子は全く見当もつかなかった。彼女は小走りに出て、救急車のあとにつづくようにタクシーをつかまえた。大人に交じり、子供たちもがやがや喚《わめ》きながら、かなりしつこく追いかけて走ったが、口々に「狂犬だ、狂犬だ」と叫んでいたのは颯子の耳には届かなかった。

門の前から内には入らず、そのまま取って返した彼女は、したがってコロの失踪《しっそう》については気付かなかった。コロは最後の失踪をしたのである。もしそのままならば、犬の口には、しっかり、白井のペニスが、横一文字に咥《くわ》えられているはずであった。

異様な形相で、口元をドス黒く染めた犬が一匹、風のように走っていったのを数人の子供たちが見ている。

＊　＊　＊

狂犬病《リッサ》……ふと連想がよぎる。狂ったのだろうか。老人はくわえていたものを吐き出した。それは腐ったバナナのように黒くちぢかんで、鼻先にあった。誇り高い人間の意識を老人は持っていながら、コロという犬の本能がそれを強く規制していた。その犬に、人間意識が反抗したのであろうか。

不意に人々の入り乱れる足音がコロの周囲にあって、「ここにいたぞぉ」と叫ぶ声を聞いた瞬間、コロは眉間《みけん》に強烈な棍棒《こんぼう》の一撃を受けた。

そうだ、このような一撃は、自分の家で受けた一撃と同じものだった。階段からもろに逆さになって落ちたっけ。あの時、最下段の床板に激突したんだっけ。そして現在、ベッドの上で施術を受ける患者となったのだ。するとその後に長いこと見た夢のようなものはいったい何だろう。もしかすると、麻薬常習者がしばしば陥るという幻覚《ハルチナチオーン》という現象かもしれない。

老人はコロという犬になり、大田家に飼われ、あの白井といういやなやつに思いっきりの凌辱を受け、ついにたまりかねて、あいつの男根を根元から食いちぎってやった。颯子とて、いろいろと犬相手の性的遊びに興じたようだったが、こちらのほうはほとんど孤閨《こけい》同様の身におかれていたことを考えると、十分同情に価すると老人は考えた。悪いのは、息子の喜八郎のほうにある。

孫娘の美保といえば、老人の記憶から影がうすい。どうしてそうなのだろう。考えているうちに、どうしてそうなったのかは知らぬが、突然老人は医師の手を払いのけ、自分の最後の力を振り絞るように、聞きとりづらい小さな濁《だ》み声《ごえ》で、

「カツ、カツ、カツ」

と三度叫んだかと思うと、そのまま息を引き取った。

「これは不思議ですね。もう意識は全くないはずだし、物をいう能力もないはずなんですがね。……それに発言力も弱くあいまいだったので、何をおっしゃったのか、それさ

えもよくは聞き取れませんでしたが……」

担当の外科医の一人が医学上の奇蹟《きせき》か何かにでも遭遇《そうぐう》したような驚き方で言った。

老人の臨終だというので、さすがに長男の喜八郎も嫁の颯子も孫の美保も、家族全員がその場に顔をそろえていた。ただ、奇異に思われる方もいられるかもしれぬが、あたふたと動物診療所の白井さえもが相も変らぬ白衣姿で駆けつけてきたことである。どこといって悪いところはひとつもないといった元気さであった。

するると、コロという犬になった老人が大田家に飼われるようになってからの一連の出来事は、老人の幻覚《ハルチナチオーン》であったと断定するのほかはあるまい。

「そう言えば、あたしにはそうハッキリとは言い切れないけれど、カツ、カツって聞いたように思うわ。そうすれば、何もかも納得がいく気がするの」

「カツって言えば、そう言えば……」

美保が言い出しかけると、颯子が押っかぶせるように言った。

「あなたのおばあちゃんよ。カツさんよ」

「最後に無理してまで、おふくろの名を呼んだのか」

喜八郎は感慨深げに言った。

「おふくろあってのおやじだったからな。ひと頃は、後追い自殺でもしかねないと、ずいぶん心配させられたほどだったけど」

心配どころか、実際に自殺未遂をやらかしたことなど、息子として喜八郎は知りもしなかったのであろうか。

「偏屈は偏屈で頑固者だったけど、晩年はやっぱりずいぶん寂しかったんだと思うよ。家族に囲まれていてもさ、これぱっかりはどうしてやりようもない問題だったけどな」

喜八郎はポツネンと言った。だけど、誰も知らなかった。喜八郎はもちろんのこと、美保も、まして颯子など老人のあの奇妙玄妙な幻覚のことなど知る由もなかった。まして、その幻覚の中で自分が果たした性的役割のことなどはいっそう理解の外であったろう。

美保との会話の中で、颯子がジーン・アーサーに似ているとかといった美保の発言から、そういえば、どこかしら醸《かも》し出される雰囲気に、亡き妻のカツも彼女に似ていなくもなかったなと老人は改めて追憶の情を深めたことがあった。それが無意識に嫁の颯子にも連想の思いが重なり、その慕情を無理に抑圧に抑圧を重ねた末、あの幻覚を生じさせたのではなかろうか。あの幻覚上の颯子は、亡き妻のカツと二重映しに映っていたのだ。

白井のことは、根拠なきことではなかった。あいつは色悪《いろあく》だ、と老人が直感したことが、そのまま的を得ていたことになる。

終章

宮崎延子の突発的な自殺から、まる一年が過ぎた。彼女の一周忌ということである。季節も同じように巡り巡ってまた春が来た。桜も咲き葉桜となり、学校にも三月に卒業生たちが去っていった分だけ新入生たちが希望いっぱいに入学してきていた。美保たちも二年生となっていた。

通学路に当たるあの危険いっぱいな白い一本道もそのままだったし、悲しい思い出のこもる三角山もそのままだった。そして小さく積みあげられていた小石のケルンが、しだいに大きくなっていたということだけが変わったといえばいえることで、ケルン前の花束は、枯れはじめるといつも誰の手になるのか、新しい花束と置き換えられているのであった。

大田美保も、もちろん花束組の一員であったが、始まれば必ず終りがくる、この亡き友をしのぶ佳《よ》き風習がいつまで続くかが気になって仕方がなかった。

ノコちゃんと同じクラスメートだった美保たちも、やがては卒業してそれぞれの道を歩み出す。当時下級生だったとはいえ、ノコちゃんを憧《あこが》れていた一年生も今は二年生となり、そして来年には三年生となり、これら生徒たちも美保たちと同じように卒業し、それぞれの道を歩み出す。するともう、彼女を直接に知る生徒たちはだーれも居なくなる。生徒たちとは限らない。先生たちも異動というものがあり、いずれはどの先生もみんな、新しい赴任地へ出払ってしまうか、さもなければ定年退職とやらで学校を去り、生徒と同じように直接彼女を知る先生たちも、だーれも居なくなる。

そりゃ、ノコちゃんほどの娘《こ》が、何の原因も理由もないのにいきなりの自殺というのは、新聞にも書き立てられテレビ・ニュースにも報じられ、教育問題の専門家や心理学者をも動員しての対談、鼎談《ていだん》、座談会なども開かれ、世間一般にも大きなショックを与えた事件と言えた。

「ノコちゃんを見習いなさい、ノコちゃんを見習って、もう少し勉強に熱を入れなきゃ」

と、ほとんどの同じ学校のＰＴＡの親たちは、少なくとも一度は我が子に向かって彼女を引合いに説教した経験があるであろう。その分だけ、親たちも宮崎延子という特別優秀な娘がいることを知ってもいたし、我が子《こ》にとっての目標ともさせ、せめては一歩でも二歩でも彼女に近づけさせたいと願ったものである。

新聞によっては、彼女のことを〝女・藤村操《みさお》〟と書き立てたものもあった。藤村は先述したように、優秀な一高生であり、世俗的には何の理由もないのに、華厳《けごん》の滝巌頭《たきがんとう》の大樹の幹を削《けず》って、「——人生不可解。我《われ》この恨《うらみ》を懐《いだ》いて煩悶終《はんもんつい》に死を決す——」と書き残し、滝壷《たきつぼ》へ向かって身を躍《おど》らせた学生であることはあまりにも有名である。一九〇三年五月二十三日のことである。そして偶然にも、宮崎延子がそれにあやからんとした長沢延子が果敢に鉄道自殺を遂げたのは、藤村操と同じ十七歳であった。彼らに比べ宮崎延子は一歳若く、花の十六歳であったことは前述の通りである。

大田美保にとって哀しかったのは、月日の流れというやつであった。今でこそ彼女の一周忌、あの事件から一年しかたっていない。まだまだ直接に彼女を知る者はたくさんいる。先生をはじめクラスメートたち、下級生を含めＰＴＡの親たちも何やかやと彼女のことはよく聞き知っていた。それがもう一年たち、二年三年と過ぎ去り、十年二十年と過ぎ去るうちには、薄皮を剥《は》ぐように彼女に関しての思い出はうすれ、そしてついには何もかもが忘れ去られてしまうだろう。三角山の例の花束は、いずれ近いうちには途切れてしまうことになるであろう。

なぜ彼女は死んだのだ。美保はどうしても得心がいかず、両親にぶち当たるように、その意見を問いただそうとするのだが、喜八郎も颯子も首をひねるだけで、美保が納得がいくような答えはついに得られなかった。

彼女がクラスメートに遺《のこ》した遺書らしきものはあるにはあった。半世紀も前に、すばらしい遺稿の数々《かずかず》を遺して鉄道自殺した長沢延子の、〝友よ、私が死んだからとて〟という呼びかけの一節を援用して、ノコちゃんは書いていた。「友よ、私が死んだからとて涙を流さないでほしい」とか、「友よ、私が死んだからとて　墓前に花をそなえないでほしい」とか、「友よ、私が死んだからとて　私のことなど早く忘れてほしい」等々の遺書らしきものはあった。十六歳にしては早熟にすぎる文章とは言えたが、なぜ死なねばならなかったのか、どういう悩みを抱えての自死であったのか、そこのところは何にも触れずじまいであったので、よけいにみんなを困乱させもしたし、みんなに与えたショックも大きかったのである。

ただ、もう一つ大きな手がかりとなりそうな遺書は、家族宛に書かれたものの中にありそうであった。父母弟妹にあてた遺書が一通、遺されていたことは取材に来た記者の一人に母親が思わず洩らしたことで明らかであった。

「だが、内容を明かすことは、プライバシーの問題もあり、または延子への誤解を生むもととも なり、また他人様へ迷惑を及ぼす結果にもなりかねないので、それを公表することはご遠慮させて頂きます。そのうち折りを見て、発表してもいい機会でも来ましたら、そして家族としてもその気になるような気分ともなりましたら、その機会《おり》には進んで発表させて頂きます。それまですこーしお時間を下さいますように」

これが、颯子とは同年だという延子の母親の申し立てであり、父親も同意見ということであった。これは断固とした宮崎家の意志であり、取材陣がどんなに粘っても甲斐《かい》なきことで、結局は諦《あきら》めざるを得なかったのであった。だから、マスコミとしては、〝不条理な自殺〟〝理由なき自死〟として扱い、なかには〝哲学的な自殺〟といった扱いでこの事件をよけい難解なものに仕立て上げるしかなかったようであった。

宮崎延子の一周忌は、家族の希望でもあり、余人を交えず、ほんとに家族だけのうちうちだけでひっそりと行なわれた。他のクラスメートや先生やＰＴＡの親たちは、これとは別に「ノコちゃんを偲《しの》ぶ会」なる集まりを持ち、ひっそりと彼女についての思い出話などを語りあったものである。

この一周忌を機に、宮崎家ではそれまであれほど秘していた彼女の遺書を新聞に公表したのである。一周忌というのが一つのきっかけとなったことも公表の一つの理由となったことは確かであろう。だが、それとは別に、最近、宮崎家にとって、はなはだ迷惑極まりない噂話《うわさばなし》が独り歩きしだしたことが、最も大きな発表の理由と言えそうである。

その噂話とは、次のようなものである。

宮崎延子は、ある日ある時、誰からか強姦《ごうかん》されたというひそひそ話が、独り歩きをして広がり始めたことである。そんな噂話を真《ま》に受ける人たちはまだ少数にすぎない。しかし、それが少数であるにせよ、そういう話を信用する人たちがいるということが、宮崎家にとっては耐えがたい屈辱であったし、亡き延子の名誉のためにも、そういうさもしい世間の口というものを、今のうちに封じ込めてしまいたい思いがあった。それには、世間が大きな関心を寄せている延子の遺書というものを、思い切って公表することが第一の手段《てだて》であろうと思われたのである。そのためには、彼女の一周忌というのが時機としてまさに当を得たタイミングでもあった。だが、やはり延子のプライバシーからいって、世間に誤解を与えそうな箇所もなくはない。単に発表といっても、それにはそれなりの決断を要したことであろうし、このプライバシーの秘匿《ひとく》という意味からいえば、延子ならず第三者のプライバシーの暴露という面も含まれており、この決断には宮崎家にとってはいっそうの苦渋《くじゅう》を味わわざるを得なかったであろう。

新聞に三回に分けて掲載された遺書の全文は次の通りであった。

お父さま、お母さま、月並みな言い方ではありますが、親に先立つ不孝を何とぞ何とぞお許し下さい。

特に原因はありません。私が死ぬことを考え始めたのは、中学生の頃からです。なぜだと言われても、答えようがありません。私自身の考えからしても、どうして自分が死にたいと思うようになったのか、いくら考えても分らないのです。死ぬってことは怖いことです。恐ろしいことです。私には人並み以上の恐怖心がありました。だが、そこから目をそらそうとすればするほど、死への願望はよけいに私をつかまえて離さないのです。矛盾した話ですけど、これが事実なのですから、これ以上の説明は私にはできません。

ただ、このためにか、自殺した人の記録や追悼集の類《たぐ》いの本は、進んで読むようにしました。特に年齢の若い、私とほとんど変わらない人たちのものは、熱中して熟読しました。長沢延子さんは私とは年齢がたった一つ違いのうえ、名前までが偶然私と同じ延子、そしてみんなから愛称としてノコちゃんと呼ばれていたところまでが同じで、特に親しみをおぼえたものです。

そのほか高野悦子とか、いろいろと自殺した人の本が私の部屋の書棚にそのまま残してありますので、ご参考までに。

それから、原口統三という人の『二十歳のエチュード』とか、二十一歳で鉄道自殺し、天才少女ともいわれた久坂葉子という人の作品や金子みすずの詩集など、図書館で読ませて頂きました。

こうして書いていきますと、切りもありませんので、このくらいにしておきます。だって、自殺した作家の名などをも挙げていきますと、ずいぶんと沢山ありすぎますもの。

さて、私は自分の心の秘密というものを白状します。私は死ぬ前に、女というものになっておきたいと思ったものです。処女という言葉のひびきはさわやかに聞こえます。しかし、処女のまま、女というものになりきらずに死ぬことは、中途半端に思えますし、かえって不潔に思えたのでした。だが、それには相手がいなければなりません。それでも、相手は誰でもいいなどとは決して思いませんでしたが、それを探し選び機会をつくるなどの時間の余裕は私にはもうありませんでした。そこで私は自分に妥協し、差し当たって選んだのが、あの診療所の白井先生でした。

あの診療所には三度ほど遊びに行ったことがあり、先生とは十分面識がありました。私は好奇心が強いものですから、放課後あそこに立ち寄っては動物診療の実際をいろいろと見せてもらいました。動物といっても犬と猫がおもなものでしたが、人間に負けず劣らず、百をも数えるほどいろんな病気があるものなのですね。

私が処女を捨てようと決意して、診療所を訪ねた最後の日のことです。診療所は午後六時には診療時間が終りますので、私はわざと時間を遅らし、訪ねていったのは午後六時四十分過ぎくらいだったと思います。ついさっきまでバスケットボールの練習に汗を流し、服装といえばそのまま、スポーツ・シャツに黒いパンツだけ、胸の二つの膨らみを誇示するかのような扮装《いでたち》で、汗の臭いがむんむんといった様子でした。

白井先生は、いつもとまるきり様子の違う私をじっと見つめていましたが、彼のその時の目つきや人相まで、今までの先生とはまるで違って印象されました。

私は少しばかり抵抗を感じましたが、自分から汗ばんだシャツを脱ぎました。二つの乳房がピンと突っ立ち、緊張のあまり硬くなっていました。いっさいは無言のうちに進行していきました。先生は二つの乳房を両の手で握りました。それが強く握られたものですから、私は思わず「痛い！」と音《ね》をあげました。

先生はそれで乳房から手を離しましたが、その目は光っていました。しばらく先生はそうした私の様子を眺めておられましたが、やはり男の欲望というものでしょうか、収まりがつかぬといった様子で、今度はいきなり私のパンツに手をかけられました。

私はそうなることを覚悟のうえで診療所に来たつもりです。それなのに、私は突然そうした自分が厭《いや》になりました。先生にさわられることも厭になりました。そこで悲鳴に近い声をあげました。「止《よ》して！　止《よ》して下さい！」と。

そこが先生の最後の良識といえるのでしょうか。普通なら、そこまでいったのだったら、半ば暴力じみた行為で私を犯したはずです。おそらく、和姦《わかん》と判定されても仕方のない私でした。しかし、私の考えは一変していました。一人前の女になって死にたいという気持を、処女のままで死にたいと思い直したのでした。

先生はバツの悪そうな顔をして、それ以上私の体を求めようとはなさらなかったのですが、引っ込みのつかなそうな様子で、

「ノコちゃん、君はフェラチオという言葉を知ってるかい？」

学校には、セックス方面なら私なんかよりずんとマセた娘《こ》がいくらでもいるので、フェラチオなどという言葉は彼女たちならよく知っているのでしょうが、私は正直に「知りません」と答えました。すると先生は重ねて、「じゃクニリングスという言葉は？」「それも存じません」と私は答えました。

白井先生との話はこれだけです。だから強く申し上げておきますけれど、先生には何の罪科《つみとが》もないということです。私はやはり処女のまま死ぬことにします。

しかし、自殺とは今でも私にとっては怖いことです。だから、敢《あ》えて挑戦してみよ

うと思うのです。「君が死んだ後には、君が生れる前に君があったところのものに、君はなることだろう」。これはショウペンハウエルという人の『自殺について』という本に書いてあったことですが、私は思いました。私が生れる以前、私という存在はなかったのですし、それが怖い、などという意識ももちろん絶無でした。ただ私は、それと同じところに帰っていくだけだと、少しは気が楽になりました。

それとまた本のことですが、それはアルヴァレズという人の『自殺の研究』の「まえがき」に書いてあったことです。アルヴァレズが少年の頃、冗談好きな気のいい物理の先生がいたそうです。もじゃもじゃの白髪まじりの福助頭で、大きな赤ら顔で背の低い人でしたが、いつもニコニコと微笑を絶やさぬ先生で、ケンブリッジ在学中は最優秀の成績であったそうですが、そういう自慢話めいた話はおくびにも出さず、しゃれのめした冗談をとばしては学生たちを笑わせていた愉快な先生だったそうです。

或る日、先生は冗談話のついでに、自殺の話をされたそうです。喉を突きさして死ぬには、前もって必ずズックの袋をかぶっておかないと、あたり一面、目も当てられないことになります、と真顔でいって、みんなを大笑いさせたそうです。

この先生はその日、自転車で帰宅するや、さっそくズックの袋をかぶり、喉を突いて実際に死んだということでした。こんな冗談があっていいものでしょうか。アルヴァレズは大へんなショックを受けたそうですが、それはそうでしょう。私だって本を通してですが、同じように大へんショッキングな話だと思いました。

私は死の手段としては、最も古典的でありふれた首吊りをと決めていましたが、そのためにはアルヴァレズの先生の、ズックの袋の話が大へん参考になりました。首吊りをすると、鼻水は垂らすし大便も小便も垂れ流しになるそうです。あたり一面を汚なく汚《よご》してしまうそうです。そうならないように、私は薬局から老人用のお漏らし防止のためのおむつをこっそり買ってまいりました。そして鼻の穴には十分すぎるほど脱脂綿を詰め込んでおくことにしました。これだけでは十分かどうか、大きな不安が残りましたが、その上にズックの袋をかぶるまでには至るまいと、それは楽天的に考えることにしました。

お父さま、お母さま、これが私の書き遺《のこ》しておきたいことの全部です。私は恵まれすぎるほどに恵まれて育ちました。それだけにご両親さまにはどんなに感謝しても感謝し尽くせないものと思っておりますし、そのご両親さまに先立つ不孝の罪深さは、身を裂くほど辛く感じております。

それから弟の勝也、もう中学の二年生ですね。妹の麻子は小学校の五年生ですね。こんなお姉さんを持ってご免なさいね。どんなに深くおわびしてもおわびしきれないものとは思いますが、どうぞどうぞお許し下さい。そして、今さら言えたことではありませんが、お父さまやお母さまのこと、くれぐれもよろしくお頼み申し上げます。お姉さんの分まで孝行に励んで下さい。よろしく、よろしくお願いしておきます。

この遺書は、私が死を選んだ三日前にほとんど徹夜の状態で書きました。そして、私の机の引出しの奥深くにしまい込んでおりますので、おそらく、この文章が見つかる頃には私はもうこの世の中にはどこにもいなくなっていると思います。

では皆々さま。これでさようならです。

新聞に、三回に分けて全文発表といっても、白井獣医の件は削除してあったり、掲載しても実名は避けて仮名にしてあったりと配慮されてはいたものの、週刊誌となるとそうはいかなかった。堂々と実名のうえに写真まで公表されていた。少女の自殺といっても〝いじめ〟や〝病気〟や〝家庭上の問題〟などいっさいない、まさに哲学的な、といえるほどの事件であった。哲学的、心理学的、教育学的と、いろんな問題をはらんだ延子の自死であった。子を持つ親たちやその面の専門家たちにとって、これはいささかでもゆるがせにできぬテーマを投げかけられたようなもので、マスコミ上での侃々諤々《かんかんがくがく》の議論からも何ら結論じみた解決は得られず仕舞であった。

＊　＊　＊

大田家においても老人の一周忌が秘めやかに執り行なわれた。その三日後あたりだったか、颯子が門のあたりを掃いていると、どこから迷い込んできたのか、柴犬をもう少し大きくしたような雑種とおぼしき犬が、颯子の足元にじゃれかかり、追っぱらっても

追っぱらってもほかへ動こうとはしなかった。

そこへ美保がちょうど学校から帰ってきたところで、颯子にじゃれかかる犬の様子に、さっそく注意をこらした。美保は手にしていたズックの鞄を地面におき、おそるおそるではあったが手を差しのべ、犬の頭をなでてみた。犬は、すると盛んに尾を振り立て、差しのべた美保の手指をペロペロ舐め始めた。

「この犬、どこの犬かしら、首輪がないけど」

と美保が言うと、颯子も同じように、

「そうだわね。野良犬《のら》だわ。それにしてもきれいな毛並をして、健康そうじゃない」

「もしかして、これ、おじいちゃんの生れ変わりかも……」

と美保が言うと、颯子は「まさか」と打ち消しながらも、

「でもさ、この犬、図体は大きいけど、人なつっこくて可愛いじゃない。なんなら、うちで飼ってみてもいいけど、どう思う？　美保」

「ねえ、ママ、そうしようよ。もしどこかに本当の飼主がいて、受取りに来たらその時

はその時のことにして、ね、ママ」

美保も熱心だった。犬を飼ってみたいと、かねがね熱望していたことであるし、もうそれに反対する老人も他界して一年余にもなるのである。パパの喜八郎だってまさか反対はすまい。

縁とは妙なものである。こうして迷い犬は正式に大田家の飼犬として保健所にも登録された。犬の名はコロと名付けられた。これも考えられぬほど偶然のことである。老人のあの幻覚上の出来事を誰も知らぬはずであるからである。

でも美保は信じていた。老人が階段を辷《すべ》りおちて頭を強打し、即死に近い状態で死んだのは、あれは老人の過ちからではなく自殺ではなかったかと。こよなく愛していた愛犬のタロを失い、自分の分身以上に頼りにしていた愛妻のカツに先立たれ、老人は実際上、孤独の身となったのではなかったか。嫁の颯子に亡妻と相通じるものを感じて思いを寄せるも、これはもはやどうなるものでもなかった。

老人は淋《さび》しかったに違いない。それで折りをねらっていたのだ。だって、階段を辷りおちたというより、階段の最上段から直接に下の廊下の床板に頭を直撃するようにダイビングしたに違いない。これはノコちゃんとはまた違ったやり方での自殺であったとしか美保には思えて仕方なかったのである。しかし、彼が陥った幻覚の世界までは推察の仕様がなかった。白井のことを、「あいつは色悪《いろあく》だ」と言い通して、ついには犬となって彼の性器を噛みちぎった老人の幻覚を、いったい誰が思い描けよう。

＊　＊　＊

コロの散歩は主として美保の役割となった。その時の気分によっては颯子も犬の散歩に付き合うこともあったが、それはまれなことであった。休みの日はもちろんだが、少々雨が降っていたとしても美保は学校から帰宅するや否や、すぐに鞄を玄関先に置いて早速に犬の引き鎖を手にするのであった。

行き先は、やはりいちばん便利のいい巌松寺公園が多く選ばれた。犬を散歩させる人がけっこうたくさんいて、夕暮れどき、辺りが薄暗くなりかけて怖いな、と美保も思うこともあったが、必ず何人か犬を散歩させる人に出会うことも多く、彼女は心丈夫に思ったものである。

公園へ行くには、例の白い一本道を通ることになる。でもコロの散歩のたそがれどきは、朝のラッシュ時と違って、車の数も少なく、さほど緊張する必要もなかった。だがなぜだか、この一本道は美保にとっては妙に不安な感じに陥らせるのであった。途中、右折する道がある。学校へはその道へ曲がっていけばわりあい近い所にある。その学校のすぐ手前に例の動物診療所の三角屋根が見えることは以前と変わりないのであるが、肝心の白井医師はもうそこには居ず、診療所は閉鎖されたままになっていた。

白井がいずれへか転居していったその理由は美保にもよく分ることであったが、肝心のノコちゃんこと宮崎延子一家も逃げるようにいずれへか引っ越ししていった理由は彼女には納得のいかぬことであった。

美保は立ち止まってコロに話しかける。

「お前はひょっとしたらおじいちゃんの生れかわりかもしれないわね」

老人が息を引きとる時、老人が陥ったあの幻覚の世界を美保がもし知ったとしたら、

はたしてどんな印象を彼女が持つことになろうか。ただ彼女には老人の言った言葉で印象に残ることがいくつかあるが、

「いいことを言うやつがいい人間であるとは限らない、のと同様、悪いことを言うやつが悪い人間とは限らない」と言ったことや、「白井はな、ああいうやつを色悪といってな……」

と言っていたことが記憶に残っていた。

あの三角山もまだそのままだった。美保がコロを連れて繁みへはいっていくと、ケルンの前にはまだ生き生きと新しい花束が、誰とも知らずに備えてあった。

「ノコちゃん、どうして死んじゃったの？」

美保の目頭には、いつしか滲《にじ》み出てくるものがあった。しかし美保は、おじいちゃんのような真似はしたくなかったし、ノコちゃんのような最期を遂げようとも思わなかった。

沼正三名義　著作リスト

1　家畜人ヤプー／都市出版社／1970
2　ある夢想家の手帖から／1／都市出版社／1970
3　劇画　家畜人ヤプー／作・石森章太郎／都市出版社／1971
4　ある夢想家の手帖から／2／都市出版社／1971
5　ある夢想家の手帖から／3／都市出版社／1972
6　家畜人ヤプー／角川文庫／1972
7　ある夢想家の手帖から／1／ニトリア書房／1974
8　金髪のドミナ（ある夢想家の手帖から／1）／潮出版社／1975
9　家畜への変身（ある夢想家の手帖から／2）／潮出版社／1976
10　おまる幻想（ある夢想家の手帖から／3）／潮出版社／1976
11　奴隷の歓喜（ある夢想家の手帖から／4）／潮出版社／1976
12　女性上位願望（ある夢想家の手帖から／5）／潮出版社／1976
13　黒女皇（ある夢想家の手帖から／6）／潮出版社／1976

14　劇画　家畜人ヤプー／作・石森章太郎／辰巳出版／1983・6
15　劇画　家畜人ヤプー／続／作画・シュガー佐藤／辰巳出版／1984・1
16　愛蔵版　家畜人ヤプー／画・村上昂／角川書店／1984・5
17　家畜人ヤプー／スコラ／1991・10
18　家畜人ヤプー／完結篇／ミリオン出版／1991・12
19　家畜人ヤプー／上／太田出版／1993・1
20　家畜人ヤプー／中／太田出版／1993・2
21　家畜人ヤプー／下／太田出版／1993・3
22　集成「ある夢想家の手帖から」／上／太田出版／1998・5
23　集成「ある夢想家の手帖から」／下／太田出版／1998・5
24　家畜人ヤプー／第1巻／幻冬舎／1999・8
25　家畜人ヤプー／第2巻／幻冬舎／1999・8
26　家畜人ヤプー／第3巻／幻冬舎／1999・8
27　家畜人ヤプー／第4巻／幻冬舎／1999・8
28　家畜人ヤプー／第5巻／幻冬舎／1999・8

天野哲夫名義　著作リスト

1　人斬り彦斎／久保書店／1966
2　異嗜食的作家論／芳賀書店／1973
3　禁じられた女性崇拝／芳賀書店／1973
4　女帝ジャクリーンの降臨／立風書房／1974
5　女神のストッキング／工作舎／1981・2
6　女神の棲む闇／出帆新社／1981・9
7　禁じられた青春／創樹社／1987・6
8　禁じられた青春／上／葦書房／1991・10
9　禁じられた青春／下／葦書房／1991・10
10　女神のストッキング／工作舎／1992・6
11　狂気にあらず!?／第三書館／1995・10
12　髑髏　女怪幻譚／二見書房／1995・11
13　勝手口から覗いた文壇人／第三書館／1997・10

14　三者関係の罠／第三書館／1998・4

15　女主人の鞍／第三書館／1998・4

16　わが汚辱の世界／毎日新聞社／1999・10

犬になった老人の死

2001年 2 月20日　初版第 1 刷発行

著　者　天野哲夫

発 行 人　久保田　裕
発 行 所　株式会社パラダイム
〒166-0011　東京都杉並区梅里2-40-19
ワールドビル202
Tel: 03-5306-6921　Fax: 03-5306-6923
装幀・装画　毛利一枝
印　　刷　株式会社秀英

乱丁・落丁はお取り替えいたします。
定価はカバーに表示してあります。